3

1

5

2

4

1. 어느 가을날의 모습
2. 아름다운 기와 담장
3. 북촌에서
4. 비둘기들과 함께
5. 하꼬네에서 딸과 함께

1. 예산여고 교정 시비 제막식(2003)
2. 인사의 말씀
3. 후배 재학생들
4. 선후배 동창들과
5. 시비 앞에서 동창들과

1. 홍콩 주재 시절(1987)
2. 압록강에서(1992)
3. 백두산 천지(1992)
4. 아이들 어릴 때 가족 나들이(1970년대)
5. 가족사진(1992)
6. 논현동 집 거실에서

살면서 때때로
진정으로 박수칠 일
많았으면 좋겠다
땀 흘린 보람
빛나는 결실
바라던 꿈의 성취
그런 소망스런 아름다운
것들 위하여 아낌 없는
박수 보내고 싶다

신미철시인 박수갈채, 을미가을 고임순

1. 충청문학상 수상 때
2. 노산문학상 수상 때
3. 문학인 나들이(1)
4. 문학인 나들이(2)
5. 최근 사진
6. 시화 〈박수갈채〉
   (붓글씨:고임순)

솔바람 오솔길

솔바람 오솔길
신미철 시선집

초판 인쇄 | 2016년 04월 06일
초판 발행 | 2016년 04월 11일

지은이 | 신미철
펴낸이 | 신현운
펴낸곳 | 연인M&B
기　획 | 여인화
디자인 | 김주리
마케팅 | 박한동
홍　보 | 정연순
등　록 | 2000년 3월 7일 제2-3037호
주　소 | 143-874 서울특별시 광진구 자양로 56(자양동 680-25) 2층
전　화 | (02)455-3987 팩스|(02)3437-5975
홈주소 | www.yeoninmb.co.kr
이메일 | yeonin7@hanmail.net

값 12,000원

ISBN 978-89-6253-181-7 03810

솔바람 오솔길

신미철 시선집

연인M&B

| 시인의 말 |

많은 사람들이 살고 있는 이 지구상에는
생명을 누리는 동물과 식물들도
또한 부지기수로 그렇게 많다고 봅니다.

지상에 생존하는 모든 존재들은 나름대로 작건 크건 간에
자연 속에 한 부분의 역할을 담당함으로써
조화롭게 대자연의 세계를 이루고 있습니다.

신기한 것은 그 많은 사람들,
그 많은 꽃과 풀과 나무들,
강과 산과 바다, 그 모두가 세상에 똑같은 것은
하나도 찾을 수 없다는 것입니다.

시인(詩人)들이 쓴 시(詩)도 그와 같음을 느낍니다.
같은 주제로, 같은 장소에서 쓴 시(詩)일지라도
생각하는 각도나 생각의 깊이, 개인적인 개성 감각에 의해서
각양각색으로 다를 수 있는 다양성을 보면서
세상의 오묘한 진리를 새삼 깨닫게 됩니다.

사람들의 얼굴이 모두가 제각각 다르고
성격도, 목소리도, 취향도, 식성도 다르듯이
살아가는 모습도 차이가 있을 것입니다.

자연과 더불어 자연을 사랑하면서
평생을 살아온 제 자신이
이제 조용히 읊조려 온 나의 시(詩)들을 펼쳐 봅니다.

시집(詩集)이 9권에 이르러서야
이제야 시선집을 내는 마음,
조심스럽고 설레기도 합니다.

나의 지난날의 모습과 영혼의 노래가
읽는 분들께 따뜻하고 그윽한 향기로 접할 수 있기를 바라면서
서문을 마칩니다.

2016년 2월
신미철

차례

3부 밤꽃 피는 계절이 오면

4부 나 나무 되어 숲 이루네

5부 봄을 기다리는 나무

—제5시집 『봄을 기다리는 나무』 에서

6부 까치 소리 들리는 아침

7부 가을빛 목소리

8부 옛 이야기

9부 시(詩)가 익어 가는 가을 숲

해설

/ 1부 /

솔바람

하늘

탑(塔) 위에 아슬한
쪽빛 하늘
바라보고 있노라면
마음은 푸른 바다
파도 소리 그윽한
고향 먼
그 바다.

박꽃

눈부시게 정갈한
흰빛의
정령(精靈)

마구
휘저어 봐도
흔들어 봐도
한 점 티도
떠오를 것 없을 것 같은
순결한 영(靈)
지순한 모습

젊은 날의 영롱했던 꿈
세월따라 퇴색(退色)해 버린
허전한 가슴에
박꽃은
여름 저녁
밤마다 밤마다 피어
창백한 미소로
잃어져 가는 꿈을 되새겨 속삭여 주고
향그런 낭만의 분수를 샘솟게 하여

그런 밤이면

나는 왠지
하얀 모시 적삼을 다려 입고
호젓이 별빛 내리는
울타리 가를
서성이고 싶어진다.

욕망

언제부턴가
내 가슴엔
항시
채워지지 않는
잔(盞)이 있네

다하지 못한 이야기며
이루지 못한 꿈과
별빛 닮은 사랑, 그리고
속으로 속으로만 흐느낄 뿐
속 시원히 터뜨리지 못한 통곡이 있네

발돋움해도
발돋움해도
닿지 않는 집요한 깃발에의
안타까운 욕망 속에서
내 몸은 가랑잎마냥 야위어 가고
목은 학(鶴)처럼 길어만 지는가

여명(黎明)이 올 때까지 등불을 밝히며
깊은, 염원의 샘물을 길어 올리는
이 달콤하고도 고된 작업—

영원을
눈부시게 살고 싶은
줄기찬 소망으로
또 한밤을 지새우는
나의 공허한 기도 소리

그 언제부터든가
내 가슴속에는
항시
채워지지 않는
잔이 있네.

어떤 밤

항아리를 가시듯
내 타성(惰性)을 우려내는 밤

가슴속 고인 물에
살며시 별이 돋아난다

분주히 소용돌이치던
지난날 서글픈 눈빛들이
이제, 잔잔한 숨결로
미래를 바라보며
서성이는데

어디선가
그리움을 잡는
맑은 풀벌레 울음소리.

숲길

조용히 귀 기울이면
어디선가
샘솟는 소리가 들린다

빛바랜 일상(日常)의 무료가 멀미스러울 때
어쩌다
가슴에 이는 격랑(激浪)

그럴 때마다, 홀로 찾아오는
푸른 숲 속
오솔길

그곳엔
평화로운 눈빛이 넘쳐
피곤한 내 영혼을 잠재워 준다

오랜 세월을 휘감아
기품이 더해 가는
고목!

눈가에, 늘어 가는 잔주름을 보고도
슬퍼하지 않는
슬기를 터득한다

이슬 촉촉이 내린 아침 길
청솔 푸른 바람을 타고
먼 고향으로 간다.

봄빛

제비 등에 실려 온 봄빛―

온누리에
눈부신 기쁨의 씨를 뿌린다

아득하기만 하던
그리움이
손에 잡힐 듯 가까워 온다

보리밭
이랑 이랑
넘실대는 봄빛!

김매는 농부의
호미 끝에 빛나는
소망을 여는 열쇠 소리여.

여름 초(抄)

정갈한 돗자리 위에
반짇그릇 펼쳐놓고
앉으신 어머니!

사각사각
모시옷 마름질하는
가위 소리가 정답다

곁에는
시원한 눈빛을 보내오는
화사한 태극선(太極扇)
뜰에는 짙푸른 수세미 넌출이
마냥 싱그럽게 시렁을 뻗어 올랐다

봉숭아 꽃물 들이던 어린 날
부푼 꿈으로 밤잠을 설친
소녀의 눈동자엔 어느새
아스름 잠이 어렸다.

/ 2부 /

바다가 보이는 집

여백(餘白) 1

가을날

산국(山菊)차 향기 속
한동안
말 없는 두 사람

마주치는 눈길엔
고즈넉한
별빛 빛난다

무심결에
새어나는
솔바람 닮은
한숨 소리

이제야 비로소
혼돈(混沌)의 소용돌이에서 헤어나
깊고 맑은 생명의 샘이
넘쳐 흐르는 것일까

두 사람은
말없이
차를 들지만

영원으로 통(通)하는
상아(象牙)빛
여백.

자화상(自畵像)

소리 없이 살았네라

있는 듯 마는 듯
소리 없이 살았네라

바람이 옷깃에 스며도
귀밑까지 붉어지는 부끄러움에
숲길에서도 머―ㄴ
심산(深山) 골짜기
수줍은 도라지꽃처럼
살았네라

돌처럼 살았네라

스스로의 무게를 가늠하면서
돌처럼
말없이 살았네라

깊은 강물 속
푸른 이끼 덮인 차돌처럼

아득히
하늘 그리며 살았네라
빛을 그리며 살았네라

깊은 산골 도라지 꽃처럼,
깊은 강물 속 차돌처럼,
그렇게, 그렇게
그리움 안고 살았네라.

연(鳶)

연을 날린다
하늘 높이
연을 날려 본다

얼레를 풀어 풀어
푸른 소망
서린 한(恨)
하늘 멀리 띄워 본다

가슴 벅찬 생애의 꿈
아름답고 귀한 인연(因緣)들
물레질하여 물레질하여
질긴 연(鳶)줄로 잣는
오롯한
그 마음
그 정성
여기 있나니

드센 바람에 끊길라
회오리바람에 엉킬라

마음 조이며
기도드리며

언덕을 서성이는 나의 발걸음

—사는 일
윤기(潤氣)없이 때로 팍팍하여도
소중한 삶의 얼레
풀며
감으며

푸른 하늘 아득히
신나게 뜨고 싶은
나의 연(鳶)
나의 소망.

가을 숲

친구야!
가을 숲에 가 보았느냐

가을 숲에 가서
한 잎 두 잎 떨어지는 낙엽,
바람이 불면 우수수 져 버리는
나뭇잎들을 보았느냐

바로, 지난여름
그 무성하던 푸름이
속절없이 퇴색(退色)한 쇠잔한 모습
종(鐘)소리 같은 말씀들—

—얼마나 아낌없이 땀을 쏟으며 사느냐
—얼마나 이웃을 사랑하며 살고 있느냐
—얼마나 허망(虛妄)한 욕망의 노예 되어
진실로 귀한 것들을 분실하며 살았느냐

아직도
세상을 살아가는 일이
미숙(未熟)하기만한 부끄러움 가누며
헐벗은 영혼
가을 숲에 와 서면

아아! 끝없이 찰랑이는 푸른 하늘
비인 가슴에
그 찰랑이는 하늘만 한아름 안고
휘적휘적 돌아오는
나를 본다

친구야!
가 보았느냐
풀벌레 소리 가득찬
나뭇잎 지는 숲속,
언젠가 우리도 맞을 가을 그 숲속에.

보석(寶石)을 위하여

살아가면서
간절해지는 생각 하나

생명을 누리는 고귀한 댓가로
이승에
영롱한 보석(寶石) 하나쯤
남겨야 하지 않을까

자기의 꿈
자기의 숨결
자기의 피와 땀
그런 것이 스며든
생애(生涯)의 보석

갈고 닦고—
닦고 갈고—

낮이나
밤이나
그렇게 소망을 가꾸면

하늘의 별같이
들의 백합(百合)같이

아름다운 영혼의 꽃
피워 낼 수 있을까

영원토록 빛나는
보석을 얻기 위하여
하얗게 밤을 밝히는 염원(念願)—

갈고 닦고
닦고 갈고.

코스모스 1

너는
나의 첫사랑

눈길 한번
뜨겁게
마주치지 못한 채 헤어진
젊은 날의 연인(戀人)아

오랜 세월
너를 잊고 살다가
불혹(不惑)의 나이 되어
문득 만나 보고 싶나니

푸른 하늘 아래
그리도 맑은 바람 안고
하늘거리는
그 티없는 미소(微笑)

—홀로
창(窓)가에 선 채
나를 아득히
꿈꾸게 하누나.

고무신

흰 고무신을 닦는다
옥색 고무신을 닦는다
이 나라 여인(女人)의 숨결이 담긴
단아한 고전(古典)
오뚝한 코에
갸름한 몸매,
한(恨) 많은 인고(忍苦)의 생을
안으로 안으로 감싸 여민
폭넓은 긴 치맛자락 밑에
조붓한 버선발을 담은 그 모습,
동백(冬柏)기름 머리
곱게 물린 자주 댕기
잊혀져 가는 옛날을 그립게 한다
아아, 삼종지도(三從之道)의 발자취를 남겨 온
안쓰럽고 겸허한 그 모습
눈길이 갈 때마다
가슴에 차오르는
이 맑은 그리움은 무엇인가

댓돌 위에
정갈한
흰 고무신
옥색 고무신.

은(銀)반지

어느 날
내 손가락에 끼워진
은(銀)반지의 목소리를 듣는다

정교(精巧)한
조각이 이끄는
탐미(耽美)의 세계

여름 저녁
능라(綾羅)를 짜는
숲속 베짱이 소리도 스며 있고

가을 밤에
시(詩)를 읊는
귀뚜라미 가락도 새겨진
나의 은반지

더욱이 고마운 것은
내 손과 함께 몸을 적시며
왼종일 부대끼면서도
반짝이는 눈매로
나를 지켜보는 슬기로운 그 눈빛!

지난날
향항(香港)의 어느 이름 모를 가게에서
너를 얻은 날부터
나의 일상(日常)에 꽃피우는
정 깊은 사연이여.

산(山)에 오름은

산(山)에
오름은
하늘과 가까워지고 싶어서라네

구슬땀을 흘리며
숨차하며
그래도 자꾸 오름은
그곳에
사랑하는 것들이 있기 때문이라네

푸른 숲의 숨결
새들의 노래
흐르는 물소리와
숨어 핀 맑은 향기의 산꽃들…
그리고
머언 바다를 바라볼 수 있어서
좋다네

산정(山頂)에 올라
아! 하늘과 마주하여 나누는
솔빛 대화(對話)—

어느덧

정(淨)히 가셔진 가슴에 울려 오는
영혼의 샘솟는 소리

오늘도
산에 오름은
하늘과 가까워지고 싶어서라네.

비취(翡翠)

아아란 푸른빛 속에
그윽한 청솔 바람이 인다

모시 치맛자락 곱게 여민
여인(女人)의 모습이
아른거린다

가슴에 스며드는
청아(淸雅)한 미소
푸른 파도 소리…

흰 물새 나는 한적한 바닷가에서
천지(天地)에 한 점 사심(邪心) 없이
오래 오래 기도드리면
영혼에
그 고운 비취빛
물들일 수 있을까
정녕 물들일 수 있을까.

바다가 보이는 집

방에서도
거실에서도
부엌 창(窓)으로도
바다가 보인다

낮은 낮대로
밤은 밤대로
마음 이끄는 바다

베란다 등(藤)의자에 앉아
바라보노라면
가슴 가까이에 밀려와
속삭이던 바다
바닷소리

잔잔히 맑은 날이면
기쁨으로 반짝이던
바다의 얼굴—

바람부는 어두운 밤이면
번뇌로 뒤척이던
바다의 가슴—

그런 날
그런 밤이면
내 영혼은 바다와 함께
기쁨에 취하고
번뇌로 잠 못 이루나니

바다가 보이는 집
그 집에 살면서부터
나는, 날마다 날마다
수신인(受信人) 없는 편지를 써서
바닷바람에 부친다.

잎들의 노래

잎들은
하늘로 손을 뻗으며 산다
햇빛에 미소 지으며
바람에 흔들리면서
꿈을 꾸면서—

잎들은
산야(山野)에서, 도시(都市)의 가로에서
삼간초옥(三間草屋) 작은 뜰에서
궁전 같은 저택 정원(庭園)에서
후미진 골짜기에서
소망을 바라보는 언덕에서
저마다 반짝이는
이슬 같은 목숨들

하늘은 역(逆)할 줄 모르는 푸른빛
숭엄(崇嚴)한 생명의 빛 속에서
수런거리며, 침묵하며, 울부짖으며
때로는
노래하며 속삭이는
잎, 잎, 잎들

가을 되어
찬바람 불어오면
뿔뿔이 흩날려 헤어질 목숨들,
한 생애(生涯) 땀흘린 열매
어느 가지에서 향기롭게 익어 가는가

내 생명도
네 생명도
알고 보면
하나같이 나뭇잎인 것을.

찔레꽃

방천 둑에
흐드러지게 핀
찔레꽃

그 방향(芳香)
내 처녀 적
꿈만 같구나

티없이 흰 얼굴
봄 언덕에서, 해 종일
종달새 소리 듣다가

하릴없이 지는 꽃잎
내 처녀 적
시름만 같구나.

/ 3부 /

밤꽃 피는 계절이 오면

우리, 우리들

〈우리〉란
너와 내가 이루는
다정한 이름

한줄기로 흐르는 강물을 보아라
한빛으로 익어 가는 열매들을 보아라
한마음
한뜻으로
말없이 지키는
아름다운 약속들을—

삶의 무수한 인연들 속에서
어느 날 문득 눈 뜨는
너와 나의 소중한 만남
맑은 눈빛으로 바라보리라
따뜻한 손길로 쓰다듬으리라

아득히
푸른 하늘
우리 함께 이고서
아, 거칠은 땅 위에서도

녹색(綠色) 이야기 나누며
푸른 숲 이루며 살아가는
우리, 우리들.

부부(夫婦)

하늘과 땅

씨줄과 날줄이어라

미운 정 고운 정
한 올 한 올 손질해
바디에 메고
짜다가 끊어지면
존존히 이어 가며
기쁨과 슬픔 엮어 짜는
한 필(疋)의 생애
어귀찬 삶이어라

왼손에서 오른손으로
오른손에서 왼손으로
번갈아 북을 옮기며
쉬임없이 짜는
꿈과 생활의 역사—

긴 세월 지나
어느 조용한 저녁
등불 아래
땀흘려 짠 생애의 역사

묵묵히 펼쳐보노라면

아! 눈물로 얼룩진 자죽도 보이네
아아 실실이 푸르른 꿈도 보이네.

나는 들꽃, 당신은 별

언제부턴가
우리는 가슴속에
맑은 그리움 간직한
한 떨기 별이었습니다
한 떨기 꽃이었습니다
누구를 향해 그리움을 지닌다는 건
아름다운 축복입니다
연기 자욱한 세상일지라도
눈 씻고 살펴보면
사랑하고픈 고운 것들 많아
그것들을 가꾸며 사는
청복(淸福)을 짓는 삶이기를
빕니다

당신은
내 그리움으로 빛나는
별이 되고

나는
당신의 그리움으로
향기롭게 피어나는 꽃인 것을.

6월(六月)에

유월이면
밤꽃 피는 유월이면
고향에 간다

녹음 짙은 야산(野山)
냇가 언덕에
하얀 타래실처럼
밤꽃 피는 계절이면
아버님 생신(生辰)을 맞아
우리 형제들 모두
고향에 간다

팔순 되신 아버님
성글게 남은 머리칼이
밤꽃처럼 희다

아버님과 마주한 푸근한
저녁상을 물리고 나면
열어 놓은 창호지문으로 들려오는
개구리들의 합창

그것은, 가슴에 스며드는
지순한 흙내음—

물레질하던 할머니의
구수한 옛 이야기 소리.

너에게

그리운 것
보고 싶은 사람
가 보고 싶은 곳 있다는 건
지금도 네 마음에
꿈의 샘 솟아나고 있음이로다

나뭇잎 스치는 바람과
푸른 하늘
별빛만으로도
가슴 부풀고
아침 까치 소리 반가운 것도
다 네 마음에
초록빛 아름다움이
있기 때문이로다

그리운 것
좋아하는 것 있으면
네 생의 향기를 위해
맨발로라도 힘차게 찾아 나서라

안 찾으면
잡초(雜草)가 길을 막는다.

시(詩)를 쓰는 이유(理由)

누구하고도 말할 수 없는
누구하고도 말하고 싶은
가슴에 고이는 샘물
영혼(靈魂)을 통해
오감(五感)을 통해
하늘과 땅 사이 흐르는 숨결
그리고 싶어
붓을 들고서
묵향(墨香)으로 치는
그윽한 난초(蘭草)여.

마중

어젯밤
시골 아버님의 전화를 받았다
신경통이 도져서
왕십리에 알려진 의원 침을 맞으러
올라오시겠다는—
오늘 아침 첫차로 오시는
아버님 마중하러
서초동 남부터미널에서 서성이는데
눈앞에
숱 없는 백발(白髮)의 아버님 모습
힘겹게 보퉁이에 싸 오신
고향의 초가을—
눈물겹고 안스러워
그저 묵묵히
아득한 가을 하늘에
시선을 멈추고 서 있다.

모시 적삼

청솔바람 소리 들릴 듯
쪽 고른 올 사이로
스며드는 청풍(淸風)!
맑은 시냇물 흐르는 고향 마을
한가로운 매미 소리도 스며 있다
섬세한 손끝으로 손질한
삽상(颯爽)한 맵씨
고이 간직하고 싶은
깔끔한 여인(女人)의 숨결—
화려한 물질문명에 밀려나
까마득한 기억 속
유물(遺物)로만 남는가 아쉽더니
다시금 되살아나는
우리네 순수한 아름다움이여!
옛 정취 음미(吟味)하는
자연의 길목에서
홀연히 들려오는
아아! 그리운 솔바람 소리.

어떤 그림

—박대성(朴大成) 작품전을 보고

아득히
바라보이는 고향
먼 옛날의 추억과 만난다
시냇물이 흐르고
냇가에 서 있는 나무들
나목(裸木) 사이로 엎드려 있는 초가집
쓸쓸하면서
호젓한 풍경
펑펑 눈이라도 나릴 것 같다
조용히 가슴에 파고드는
때 묻지 않은 정감(情感)
그 그림 앞에서
한 점 욕심없이
자연 속에 동화(同化)된
맑은 모습의 나를 만난다.

어머니의 회상(回想)

봄밤
후원에
하얗게 배꽃 만개할 때면
미모사 같은 감성의 어머님은
뒤뜰, 창호지문을 여시고
달빛에 더욱 창백한 배꽃(梨花)들에
황홀한 감탄사를
연발(連發)하시더니

뒤란
시눠대 숲에
산새 들새들 포롱거릴 때
논갈이하는 일꾼 점심 위해
뒤곁 장독대에 나오신 어머님
솔솔솔
뒷동산에서 내려오는
솔바람 소리에
이윽히 귀 기울이시더니.

다우(茶友)

추운 날
마주 앉아
따끈한 차 나누고 싶은
친구

혼탁한 세상사 여과(濾過)된
맑은 이야기 주고받으며
추운 가슴 녹이는 친구

들꽃 향기
가을 목소리
눈 나리는 고요

눈으로
가슴으로
서로 나누며
차(茶) 한잔으로 세상의 영화(榮華)가
부럽지 않은 그런 친구.

만추(晩秋)

가을이 가고
겨울이 오는 길목
이 계절엔 슬픔이 고인다
회색빛 하늘
차거운 냉기(冷氣)
그래서 더욱 따스한 인정(人情)이
그리운 계절
늦가을 초겨울 저녁은
그래서 더욱
형광등(螢光燈)보다
따뜻한 백열등(白熱燈)이
있어야 한다
불밝힌 창마다
도란도란 이야기 소리
들려야 한다.

미소(微笑) 1

부드러운 평화
넘치는 여유(餘裕)
가까이 다가오는
따뜻한 가슴
하늘 맑은 눈짓
입가에 흐르는 봄빛이어라.

창(窓) 밖으로

창(窓) 밖으로
바다가 보였으면 좋겠네

창 밖으로
푸른 산이 보였으면 좋겠네

저만치
뜨락에
한 그루 듬직한 감나무 심어
봄, 여름, 가을, 겨울
철따라
풍성한 자연(自然)의 말씀
새기며 들었으면 좋겠네

아침마다
담 영마루에 찾아와
문안(問安)하는 까치 소리 들으며
사립문 밖으로 펼쳐진
기름진 들판길—

그곳에
빛나는 얼굴로 달려오는
아이들 바라보며
환한 미소(微笑) 머금고
그렇게 살았으면 좋겠네.

가을이 오면

저렇듯 하늘 푸른
가을이 오면
가을을 거닐면서
가을을 함께 이야기할 사람
생각나네요

산길
들길
걷다가 피곤하면
호젓한 길목에 쉬면서
깊고 은은한 다향(茶香)에
취하고 싶네요

말없이
서로의 마음 쓰다듬는
조용한 눈길
맑은 호수(湖水)처럼 아름다운 이 시간

보석처럼 간직하고 싶네요
가을이 오면
가을이 오면.

귀뚜리 소리 1

우리에게
문득
깨달음 일깨우는
청아한 독경(讀經) 소리여.

귀뚜리 소리 2

가을
고향집 찾아
하룻밤 쉬어 가려는데
밤새 귀뚜리 소리…
은(銀)두레박으로 샘물 길어 올리는
그 소리에
밤을 새우네.

가을은 그렇게

가을은
겸허(謙虛)와 맑은 정기로
너와 나를 다스리는 계절

텅 빈 푸른 하늘이 그렇고
제 빛깔로 곱게 익어 가는 열매들이 그렇고
달밤이 그렇고
청아한 벌레 울음소리가 그렇고
옷깃에 스미는 바람결이 그렇고
지는 낙엽이 그렇고
추수(秋收) 끝낸 빈 들판이 그렇고
산사(山寺)의 물소리가 그렇고
서녘 햇살에 드리우는 그림자가 그렇고
편지를 쓰는 마음이 그렇고
어둠을 밝히는 촛불이 그렇고
고향 어머니의 회상(回想)이 그렇고
산이 그렇고
바다가 그렇고
내 영혼의 투명한 보랏빛 파장이 그렇고
가을은
그렇게 그렇게

우리 가슴속에 파고드는데

풀내음 모닥불 연기처럼
향긋하게 스며드는데
신(神)의 축복으로 잠시 머물다 가네.

외로운 너에게

어찌 그리 살아왔는가
비 오는 날
호젓이 대화 나누는 사람도 없이
젊은 날
눈부신 바닷가를 함께 거닐던
추억도 없이
누구를 뜨겁게 사랑하지도
누구를 무섭게 미워하지도 않은 채
어쩌면 그리도 적막하게
솔바람처럼 살아왔는가

조석(朝夕)으로 변하는 인심(人心) 가소로워
차라리 자연(自然)과 마음 나누며
사계절 윤회하는 발자취 소리에
귀 기울이는 너는
구름인가
바람인가
하얗게 핀 사색의 갈대인가.

청수만 1

처음 왔을 때
첫눈에 반했다

두 번째 왔을 때
친근감을 느꼈다

세 번째 왔을 때
고향에 온 것처럼 편안했다.

*청수만(淸水灣): 홍콩의 동남쪽에 위치한 반도. 풍광이 좋고 별장, 영화촬영소, 골프장 등이 있다.

청수만 2

바다가 좋았다
바다를 가까이 굽어보는 산 능선이
좋았다
크고 작은 섬
물 위에 흐르는 배
풀밭에 피는
이름 모를 풀꽃들이 좋았다

저 지저귀는 새소리—
그 바닷가에 사는 개미들까지도
행복해 보이는
그 바닷가!

그 바다를 두고 떠나가면
바다가 보고 싶어 어쩔거나
바닷 소리가 듣고 싶어 어쩔거나
가슴에 하얀 파도가 밀려오면
어쩔거나

아! 아! 자꾸만
그 바다가 그리워지면
어찌할거나.

너를 위하여

내가 너를 돕는 길은 무엇인지
따뜻한 음식
편안한 잠자리도 좋지만
부드러운 말과
친절한 마음씨
그리고 역경(逆境)을 이기고
일어설 수 있는 지혜와 용기를
너를 위해, 네 목에
자비(慈悲)의 염주(念珠) 걸어 주고 싶구나

일상의 희로애락
묵묵히 염주알 굴리듯
담담히 살아가는 모습
세상살이 물 흐르듯 하는
그 자연의 이치를
스스로 터득하여 원숙(圓熟)한 열매
거둘 수 있는 너를 위하여
오롯한 마음, 염주 걸어 주고 싶구나.

/ 4부 /

나
나무 되어
숲 이루네

나무에의 연가

—가까이 보아도 멀리 보아도

가까이 보아도
멀리 보아도
너를 보는 마음은 평화롭다
늘상 보아도 물리지 않는 너는
더없이 좋은 친구
봄부터
푸른 눈빛이 좋아
싱그런 숨소리가 좋아
철따라 변하는 그 모습이 좋아
언제나 네 곁에 살고 싶은 마음
언제나 내 곁에
너를 두고 싶은 마음

나날이 새롭게
계절의 수레바퀴를 돌리며
권태를 모르는 생리
배우고 싶나니

봄 여름 가을
그리고 하얀 침묵의
겨울까지도.

추억 속의 나무들

아직도
내 기억 속에
의연히 자리잡고 서 있는
나무들의 숨소리
잊을 수 없다

보는 이의 가슴을
감탄과 경외심으로 이끌던
나무, 나무들

지금도 눈에 선한
중국 담척사(潭拓寺) 뜰에 서 있는
용이 꿈틀대는 듯한
두 그루 소나무의 신비한 모습!

백두산 가는 길에
이도백하에서 만났던
훤칠한 키의 미끈한 미인송(美人松)
우리나라 보물 용문사 은행나무의 기품과 생명력
전라도 땅 내소사 들어가는 양옆에
도열해 있는 전나무숲

—그들과의 만남은
얼마나 아름다운 추억인가

이따금 등산길에
청계산 입구, 삼백 년 넘는 나이에도
정정한 갈참나무, 굴참나무 그늘에 쉬면서
그 넉넉한 음덕(蔭德)에
우리는 번번이
한아름의 푸른 행복을
안아 오곤 한다.

나 나무 되어

나 나무 되어
푸른 숲 이루며
살려 하네

나무는
혼자 서 있어도 보기 좋고
여럿이 함께 모여 숲을 이룰 때
더욱 아름다운 숨결로
일어서는 풍경—

춘하추동
권태를 모르는
색다른 모습
평화와 안식을 주는
숲의 생리

때때로
그 지순한 숲향기에
가슴 적시면
맑고 싱그러워지는 마음
슬기로 열려
순리 따라가는 길이 보이고

숲의 침묵과 함께
거닐다 보면
영혼에 스며드는
청아한
물소리
바람 소리

—나, 나무 되어
푸른 숲 이루며
살려 하네

솔바람 소리 일구며
살려 하네.

초록 창가에서

—피츠버그 딸의 아파트에서

네가
학교에서 돌아올 때까지
너의 빈 아파트에서
나는 혼자도 심심치 않았다
열어 놓은 창으로
유월의 초록 바람이 넘나들고
내가 네 나이 만큼 싱그러울 때
그리도 좋아하던
장오노레 프라고나르*의
'그네' 에서 볼 수 있던
그 기품 있는 큰 나무가
네 방 창 앞까지 믿음직한 가지를 뻗어
푸른 잎 너울거리는 풍경을 맘껏 감상할 수 있었으니

사랑하는 딸아
이십세기 문명을 과시하는 차량들이
거리엔 저리도 넘치는데
푸른 숲에서 들려오는 새소리
더없이 아름답구나

문명은 편리를
자연은 건강과 평화를

우리에게 선물하노니
사랑하는 딸아
무거운 책 짊어지고
상아탑을 향하여 구슬땀 흘리는
너를 위하여
오늘도 합장하는 마음
큰 나무를 바라본다.

*장오노레 프라고나르: 프랑스의 화가.

문을 열고 보면

인생은
장거리 마라톤 경주
골인 지점을 통과함으로써
비로소 결과를 알게 되는데

나보다 앞서가는 사람
나보다 뒤에 오는 사람
그러나 우리는 모두
생의 레일을 함께 달리는
삶의 주자(走者)들
알고 보면
승자에게도 슬픔이
패자에게도 기쁨이
어우러진 세상—

슬프다고 너무 울지도 말자
기쁘다고 너무 웃지도 말자.

손

차가운 손
거친 손
맥이 풀린 손
솜씨 없는 손
할 일 없는 손
여기 가엾은 손들이 모였다

차거운 손이 따뜻한 손으로
거친 손이 부드러운 손으로
맥빠진 손이 힘 있는 손으로
그리하여
솜씨 없는 손
하릴없는 노는 손도 모두 함께
한마음 한뜻으로
크고 둥글고 아름찬 일 위하여
날마다 하나씩 둘씩
군더더기, 욕심의 껍질 벗기는
손길 된다면

우리 사는 세상
훈훈한 마음 오가는
고향 가는 길목일 것을.

솔바람 소리

나를 텅 비게 한다

싸리비로
시골 집 마당을 쓸 듯
상쾌하고 그윽한
솔바람 소리

잡다한 시름
다 씻어내는
푸른 솔빛 여울물 소리.

기다림

—빗소리 들으며

오랜만에
빗소리를 듣는다

창 밖은 유월이 짙푸러 가는데
나뭇잎에
메마른 땅에
은총으로 내리는 비

불현듯
네가 보고 싶다
네 목소리가 듣고 싶다
큰 눈에 잔잔한 기쁨이 솟는
그 얼굴이 보고 싶구나

너로 인해 메마른 가슴
언제쯤이나 기다리는 비
오려는지

오랜만에 내리는
창 밖 빗소리 들으며
그리운 너를 기다린다.

물가에서

흐르는 맑은 물을 보면
말갛게 말갛게
빨래를 헹구고 싶다

빛나는 태양 아래
깨끗한 빨래들을 바지랑대 받쳐
빨랫줄에 널고 나면
푸른 하늘빛은 난초 향으로
내 가슴에 다가오고

구름같이 일었다 사라지는
일상의 희로애락
흐르는 물에 모두 씻어 버리면
끈끈한 미련도 앙금도 남김없이
마알간 공백의
평화

—흐르는 물가에 서면
언제나 빨래하고 싶어지는
나는
전생에 무엇이었을까.

시인의 병실

—박재삼 시인의 병실에서

창 밖에는
맑은 겨울 하늘이
걸려 있었다

햇빛도 밝게
미소 짓고 있었다

그러나 12월의 겨울나무는
지난여름 무성하던 잎들
그림자도 볼 수 없었다
시인이 그토록 좋아하던
푸른 잎들과 햇빛의 눈부신 만남은
먼 추억이 되고
그 환장하게 반짝이며 어우러지던
빛나는 눈맞춤은 볼 수 없었다

병상에서도
시인의 눈빛은 사슴처럼 맑았다
담담한 얼굴빛—
언제나처럼
탐욕도 노여움도 없는

아, 하늘에 부끄러움 없는
겸허한 그 얼굴
그 마음자리—

병실엔
두려움보다
선하고 맑은 정서가
조용히 감돌고 있었다.

무상(無常)

얻는 기쁨도
잃는 슬픔도
지나 놓고 보면 모두가
그저 그런 것
그것에 끄달려
웃고 우는 우리 삶의 모습들
너무 깊게
너무 길게
탐착하지 말 일
어차피 시간은 흐르고
모든 것은 변하기 마련인 것
얻는 기쁨도
잃는 슬픔도
어느 날 모두
바람처럼 지나가 버리는 것을.

축시(祝詩)

—불향(佛香)* 창간을 기하여

언젠가는
모든 것이
흙이 되고 물이 되고
바람으로 사라져 버린다 해도
중생의 마음속엔
언제나 출렁이는
오욕(五慾)의 물결
삶은
그로 인하여
웃음꽃도 피고
눈물로 얼룩도 지고…
아, 그러나
마음 하나 맑게 다스리면
정녕 마음 하나
깊고 조용히 간직하면
부끄러운 탐진치(貪嗔痴)에서 헤어나
참된 지혜 얻을 수 있나니

여기, 청정하게
마음 닦는 이들이 모여
새롭게 피워 내는
불향(佛香)의 향기!

영원한
진리의 횃불 되소서.

*불향(佛香): 홍콩의 홍법원에서 발간하는 월간지.

난(蘭)이 있는 방에서

난이 있는 방에서
너를 만나고 싶다
창 밖에는 눈이 내리는데
향기로운 차를 들면서
너와 마주 앉고 싶다

난초잎 유연한 멋
그윽한 아취에 마음 적시며
가슴에 고인
진솔한 삶의 이야기
나누고 싶다

봄피리 같은 파아란 이야기도
갈대 흔들리는 쓸쓸한 이야기도
함께 나누고 싶다.

들꽃 송(頌)

1

작은 들꽃을 보면
사랑을 느끼게 된다

높푸른 하늘 아래
하느적이며 피어 있는
그 모습을 보면
그리움을 느끼게 된다

메마른 마음에
윤기를 주는
맑은 정기로 피어나는 들꽃

산에서
들에서
스스로 피었다 지는
그 모습—

이별의 슬픔도
아름다운 자연임을
깨닫게 한다

오늘도
들꽃과의 만남은

하나의
축복.

2
풀밭에
꽃이 피었네
이름 모를 들꽃이 피었네

그 작은 꽃에도
비바람은 비껴 가지 않고
태양의 은총도 내리고

풀밭에
꽃이 피었네
보일 듯 말 듯 작고 귀여운
꽃이 피었네

가만히 들여다보면
그 작은 꽃에도
웃음소리 스며 있네
한숨 소리도 들리네.

3
—들꽃 피는 언덕

들꽃 피는 언덕에서
만났으면 좋겠네

향그런 미풍 지나는 언덕에서
그대를 만났으면 좋겠네

아스라이 하늘 푸르고
흰 구름 떠가는 그곳에서
조용한 목소리로 그대와 함께
노래 부르면

무성한 말과
번뇌의 숲에서 벗어나
목탁 소리처럼 청아한 마음
푸르른 소망 열 수 있으리니

들꽃 피는 언덕에서 만났으면 좋겠네

그대 맑은 눈
만나 보았으면 좋겠네.

4

하늘대는 실바람에
작은 들꽃들
하양
노랑
분홍
가득 핀 초원

꿈꾸게 하는
노래하게 하는
행복하게 하는
내 마음속에 피어나던
조요로운
풍경.

5

아득한 지평선까지
가득히 핀 들꽃의 바다
그 사이로
외줄기 하얀 길
꿈길같이
그리움으로 굽이쳐 있네.

6

풀밭에 앉아
욕심 없이 하늘과 바람과
이야기하노라면
무심결에 눈에 띄는 너의 모습
있는 듯 없는 듯 작은 존재이긴 해도
그러나 너의 출현으로
풀밭 표정은 한결
운치롭고 아름답다
내면으로 흐르는
자연의 녹색 멜로디.

7

뚜렷한 이름도 없이
두리뭉술 들꽃이라 불리우는
가냘픈 꽃들을 보면

빛깔도 모양도 향기도
튀지 않는 작은
풀꽃을 보면

언제나 가슴에 잔물결 이는
이 평안한 기쁨은
무엇일까.

8

별빛 고즈넉한 밤
들꽃은
벌판에서
산비탈에서
졸린 눈 비비며
별을 바라본다

다시 초롱초롱 맑아지는 눈
이 생에서 불러야 할
노래 한 곡조 생각하는
말 없는 들꽃의
사색 한 줄기.

9

봄 여름 가을
어느 계절에도
산야는 외롭지 않다
붓꽃, 민들레, 애기똥꽃, 패랭이, 들국…
저마다 색색의 이야기
저마다 정 깊은 노래

계절을 알고
질서를 알고

사명을 다하는 너희는
아름다운 자연의 천사.

10
들길에서도
산길에서도
강 언덕에서도

너를 만날 때마다
너와 눈이 마주칠 때마다
한 발자국씩 내게 가까이
다가오는 너는

자연의 신비를
가슴에 안겨 주는
지고지순한 메신저.

11
너로 하여
아득히 잃어버린
고향을 찾는다

너로 하여

생명의 어여쁨
순수를 배운다

너로 하여
거역할 수 없는
자연의 섭리를 깨닫는다.

/ 5부 /

봄을 기다리는 나무

우리 사이

나무와 나무 사이의 거리

사람과 사람 사이의 거리

너와 나, 사이의 거리

얼마나 간격을 두어야 좋을까

얼마나 서로 떨어져서 바라보는 것이

아름다울까

그리움도 멀리 있을 때

맑게 말갛게 고여 오듯이….

박수근 그림

나뭇잎도
잔가지도 보이지 않고
나무의 큰 몸통, 굵은 가지만 그려진
담백한 그림에는
대개 한두 명의 여인이 등장한다
그 모습 또한 더없이 소박하여
흙냄새, 메주 냄새, 감자 찌는 냄새가 풍길 듯
다가오는 친근한 정감
아이를 업고 먼 산을 바라보는 소녀
함지박을 이고 느릅나무 밑을 지나는 아낙네
그들은 보지 않아도
맨발에 바닥이 낡은 허름한 고무신을 신고 있으리라

아침 이슬을 밟고 들에 나가고
낙조(落照)를 이고 집에 돌아오면
가난한 울타리 사립문 안에는
꼬리치며 반기는 누렁이도 있었으리
쓸쓸한 나목처럼
헐벗은 삶일지라도
곰삭은 사랑으로
여인(女人)의 손마디 굵어져 가고
가난 속에서도 목화처럼 피어나는
포근하고 순수한 마음
그 그림 속에는 그런 것이 숨쉬고 있었다.

꽃길을 걸으며

꽃들이 소리없이
웃고 있는 것을 보면

누구에게나 밝게
인사하는 것을 보면

세상을 향하여
향기로 소곤거리는 걸 보면

꽃은 철이 들었나 봐
하늘의 마음을 지니고 있나 봐

때가 되면 피어나고
때가 되면 질 줄 알고.

노을

누구의 솜씨로 물들인 빛깔이길래
저리도 고울 수 있을까

누구의 생명을 불태운 작품이길래
저토록 황홀할 수 있을까

서녘 하늘 가득히 번지는 환상
아, 물소리
바다 소리
적막한 옛 이야기 소리…

마지막 타는
태양의 연연한 정열—

황혼을 바라보는 숙연한 마음속에
외로운 그림자
아름다운 황혼 속에 사라지는 그림자.

나뭇잎 사이로

나뭇잎 사이로 하늘이 보이고
나뭇잎 사이로 바람이 분다
나뭇잎 사이로 보이는
눈뜨는 작은 별

땅속에 뿌리 내리는 나무들
하늘을 향하여 팔을 뻗는 나무들
살아서는 생명의 숲으로
죽어서는 온갖 삶의 도구 되는
나무들의 보람찬 생애
은혜로워라

목신(木神)이여
아름다운 은총의 목신이여
헤쳐가야 할 세상의 숲 속에서
길을 찾는 지친 발걸음
쉬었다가 떠나게 하소서
쉬었다가 충전(充塡)된 푸른 숨결로
떠나게 하소서.

도라지꽃

오랜만에 만나 보는
도라지꽃
너는 내 고향 친구
한없는 반가움 안겨 주는구나
너를 닮은 그리움 안겨 주는구나
먼 먼 지난날
티없이 살던 고향 이야기
조용, 조용히 들려주는구나
별 같은 그 얼굴
연보랏빛 그 눈망울—
번화한 도시에서 낯선 이국(異國)의 꽃들이 판치는 한 구석에
호젓이 옷깃 여미고 서서
누구를 기다리는
청초한 꽃
도라지꽃.

매미 소리

매미 소리엔
고향 내음이 묻어 있다

냇가에 서 있는 키 큰 미루나무
바람에 이파리 흔들리고
푸른 수세미 넝쿨 올라간 울타리 아래
채송화, 봉숭아, 백일홍 피고
하늘빛 수국(水菊)이 조는 오후

어머니의 모시 적삼에 스며들던
서늘한 바람결 타고 들려오던
맴 맴 매엠··· 매미 소리
전생에 못다 한 가락을 뽑나 보다.

세월 탓인 줄만 알았네

하얗게 바래진
어버이 은발을 보고서
나, 이제까지 그저 무심히
세월 탓이려니 했었네

얼굴 가득히 주름진
어버이 얼굴 볼 때에도
나 이제까지, 그저 무심히
세월 탓이려니 했었네

그러나
나이 지긋이 들어 내 머리 희끗해지고
자식들 키우며 황혼을 바라보면서
이제야 비로소
어버이의 백발이
어버이의 주름살이
아, 세월 탓만이 아닌 것을
알게 되었네.

남(南)과 북(北)의 해후

마침내
바다를 이루고 있었다
눈물로 범람한 바다
울어도 울어도 마르지 않는 눈물바다!
반백 년 고였던 눈물
한꺼번에 쏟아져 이루는 한(恨)의 강물
마침내 바다를 이루고 있었다

눈물 잔치는 질펀했다
서울에서도 평양에서도
남(南)도 북(北)도 모두 울었다
몽매에도 잊지 못하던 아들을 만나 보자
혼절해 버린 팔순 어머니!
눈앞에서 아버지를 부르는 아들의
목메인 목소리도 알지 못한 채 멍하니 바라보던 치매 걸린 고령의 아버지!
꽃 같은 나이에 헤어진 신랑 각시가 노인이 되어, 서로 남남이 되어 만나는
가슴 저린 기막힌 뼈아픈 사연들…

이렇듯 피멍든 가슴들이 울부짖는
역사의 광장에서 우리는
하늘을 보고 땅을 보며
무너지는 억장을 진정할 수가 없구나

무정한 세월도 약이 되지 못하는
뿌리 깊은 혈육에의 그리움 안고서
아직도 끝나지 않은 가슴앓이를
다시금 밤마다
밤잠을 뒤척여야 하는
우리 민족의 아프고 쓰라린
가슴, 가슴, 가슴이여
아, 이제 기쁘고 서러운 잔치는 끝나고
짧은 만남의 여운, 기다림만 남았어라
그 첫 만남이 마지막 만남이 아니기를
마지막 이별이 아니기를
간절히 기원하는 마음
두 손을 모은다.

봄의 새소리

저, 새소리를 들어 봐요

아! 저토록

맑고 곱고 낭랑한 목소리—

봄을 반기는 생(生)의 기쁨과

저, 아름다운 생명의 환호성을 들어 봐요

그것은 깊고 추운 겨울을

맨발로 건너온 자 만이 부를 수 있는 노래

눈부시게 빛나는 지상(至上)의

봄 새소리를 들어 봐요

우리 함께 손잡고 들어요.

수덕사에서

아직 녹지 않은 눈이
검은 기와 지붕 위에
골골이 하얗게 남아 있어
박하처럼 싸아한 정취—
덕숭산 푸른 솔숲과 어울려
한 폭의 수채화 같은
입춘 무렵의 수덕사 풍경.

봄을 기다리는 나무

친구여!
겨울 나무를 보아라
겨울 나무숲을 보아라
해 저문 노을 속
침묵으로 하늘을 읽고 서 있는
겨울 나무들을 보아라
앙상한 나목 사이로
바람은 세월처럼 지나고
발 밑둥 근처엔
아직도 우북히 서 있는
마른 풀잎 억새꽃 흔들리고
한여름
숱한 욕망으로 치장했던 가지들
이제 모두 담담히 떨어져 버린
나목들의 그 허전한 모습을—
언제쯤 우리도
저 나무들처럼 아름답게
비울 수 있을까
눈 내려, 빈 가지들 천상(天上)의 옷 입는 날
나도 모르게 두 손 모으고
봄을 기다리는 나무가 된다.

유자차를 끓이며

집안이
향기로 가득 찬다
가을빛으로 익은 황금빛 유자(柚子)
색깔 곱고 보기도 좋아
목기(木器)에 담아 한동안 탁자 위에 놓고 감상하노라면
어느새 겨울이 오고
창 밖엔 눈이 내린다
어느 날 그 고운 빛 유자는 썰어져
유리 항아리에 켜켜이 단꿈으로 재워지고
세상이 추운 날
따뜻한 사랑을 위하여
외로운 친구와의 정담을 위하여
그리고 녹슬지 않는 감성을 위하여
찻잔에 담겨져 그윽한 향기로
승화되는 유자차!
문득 삼십여 년 전 고향집 뜰에
유자나무를 심으시던 시아버님 모습
땅속 깊이 뿌리내린 그 사랑으로
가을마다 자식들 동기간, 이웃간에
나누는 정 베풀게 하셨으니
아버님
아버님
감사합니다.

삶

기쁨도
슬픔도
밀물같이 밀려오고

슬픔도
기쁨도
썰물같이 빠져가고

세상살이는 그런 것
밀려왔다가
밀려가는 것

때로는
텅 빈 자리에
혼자 서 있기도 하는 것.

나목(裸木) 앞에 서면

봄을 기다리는
겨울 나무 앞에 서면
나도 모르게
의연해지는 마음
묵상하는 수도자처럼
조용한 발걸음으로
나를 찾아간다
나를 찾아 헤매인다.

청(靑)노루 집에서

잘 가꿔진 앞뜰
나무 그늘 아래
하얀 의자를 내놓고 앉아서
안면도(安眠島)의 맑은 바람을
마시는 것도 좋지만
내 사유(思惟)는 뒤뜰로 통하는
오솔길을 걷는다
우거진 풀밭에는 하얀 망초꽃들이
피어 흔들리고
달 뜨는 밤을 기다리는 달맞이꽃이
수줍게 입 다물고 서 있었다
그곳엔
아직 때묻지 않은 자연의 숨결이
적막한 모과나무 과수원을 지키고
나무에 매달린
볼품없는 모양의 모과는
먼 곳에서 들려오는 뻐꾸기 소리 들으며 외롭게
황금빛 가을 오기를 기다리고 있었다
시월(十月)이 오면
높푸른 하늘 아래 눈부신 빛으로
주렁주렁 익어 갈 모과, 가을 나무의
등불이 되는 꿈을 꾸면서—

그 가을이 오면
모과는 격조 높은 그 향기로
누군가에게 가을빛 그윽한 시(詩)를 쓰게 하리라
아름다운 영혼의 사랑의 시(詩)를

친구여
그 가을을 생각하면서
혼자 풀밭을 걸어도
오늘은 쓸쓸한 줄 모르겠구려.

바다와 불꽃

—가슴이라 부르는 이유

나는
바다를 보고
바다라 부르지 않고
가슴이라 부릅니다

나는
타오르는 불꽃을 보고도
불꽃이라 부르지 않고
가슴이라 부릅니다

내 가슴속에는
항시
출렁이는 바다가 있기에
타오르는 불꽃이 있기에.

매화

봄의 길목에
제일 먼저 피는
향기로운 미소

고향 찾아온 마음에
한아름
청복(淸福)을 안겨 준다

하이얀
꽃너울 쓰고 나는
황홀한 꿈이여.

수수팥단지

붉은 팥고물 묻힌
동글동글한
수수팥단지를 보면
내 어릴 적 생일날의
어머니 생각이 난다

동이 틀 무렵
미리 절구질하여 빻아 놓은
수수 가루에
모정(母情)을 섞어 빚은
수수팥단지!
새벽녘 정갈한 새 바가지에 담아
내 머리맡에 놓으시고
빌어 주시던 어머니

"만복일랑 점지하고
백액일랑 제해 주십사."
새벽 잠결에 듣던
경건한 어머니의 목소리
그 지극한 모성의 숨결
어린 자식의 장래를 위하여
정성 부어 주시던
어린날 생일의 추억…

지금도
팥고물 묻힌
동글동글한 수수팥단지를 보면
그 옛날
정갈한 햇바가지에
복떡을 담아 빌어 주시던
어머니 생각
흰 무명 앞치마 입은 어머니 모습
눈에 어린다.

/ 6부 /

까치 소리 들리는 아침

소망

누구에게나 반가운
겨울 햇살이기를

누구에게나 반가운
여름 숲 그늘이기를

누구에게나 반가운
옹달샘 맑은 물이기를

세상에서 추운 사람들
세상살이에 지친 사람들
세상의 길목에서 목마른 사람들

아! 그들에게
오롯한 꿈 안겨 주는
너와 나
그런 손길이 되기를.

기다림

기다림은
한 그루 나무인지도 모릅니다

믿음이라는 뿌리
사랑이라는 가지와 줄기
희망이라는 잎새와 꽃
그리고
꿈이라는 열매가 열리는 나무

기다림은
목마른 나무처럼 안타깝게
비를 그리며
바람 소리에 귀를 세우며
가슴에 간직한 해와 달과 별
그들과의 약속을 위하여
하늘 바라보며 서 있는 나무

때로는 초조하게
때로는 느긋하게
삶의 길목에 말없이 서서

하염없이
하염없이
서성이면서.

미소(微笑) 2

나를

가까이 다가서게 하는

향기로운 침묵이여!

산다는 것은 1

산다는 것은

빚을 지는 일이다

그리고

그 빚을 갚아 가는 일이다.

산다는 것은 2

산다는 것은

손을 잡는 일이다

너와 나, 따뜻한 손을 잡는 일이다

그리고 자연을 배우며

나를 개간(開墾)하는 일이다.

내 마음의 고향

내 마음의 고향에는
뻐꾸기가 울고

내 마음의 고향에는
호박꽃도 피고

내 마음의 고향에는
황금빛 가을이 익어 가고

내 마음의 고향에는
청대(青竹)에 내리는 흰 눈이 있다

해와 달
뜨고 지는 지평선이 보이고

바람처럼 지나는 세월
풀꽃처럼 기다리는
그리움이 있다.

어머니

태양은
하늘에만 있는 줄 알았는데

푸른 바다는
먼 곳에나 있는 줄 알았는데

긴 세월 속에
하얗게 바래진 흰머리
주름진 얼굴
거칠어진 손

그 야윈 가슴속에
축복의 태양이
그리움의 바다가
있을 줄이야

뒤늦게야 깨달음 얻고 돌아보니
내 어머니는 벌써 떠나시고
어느새 내가 어미 되어
가슴 태우고 있네.

난향(蘭香)

난향(蘭香)을 닮은 친구 하나

난향 같은 그리움 한 줄기

난향이 스며든 시(詩) 한 편

간직할 수 있다면

인생은 얼마나 아름다울까.

까치 소리

네 목소리에는
솔 향기가 묻어 있다

네 목소리에는
기다림을 안겨 주는
기쁨이 있다

네가 날아와 앉은
나뭇가지와 뜨락에
움트는 파아란 희망의 싹!

그것은
그리움이며 설레임
가슴을 환하게 하는 꿈!

네 목소리에는
고향 내음도 묻어 있다.

산책길

나무숲을

만나고 온 날 밤에는

평안히 잠들 수 있는데

사람들을 만나고 온 날 밤에는

쉽게 잠들지 못함은

무슨 까닭일까?

우회로(迂廻路)

이제, 여기까지 걸어왔습니다
걸어서 걸어서 오다 보니
이 지점에 이르렀습니다

종착역이 어디쯤인지는 잘 모르지만
문득, 주위를 둘러보니
어느새 가을이네요
아, 나뭇잎 풀잎들 모두
가을빛 물든 가을이네요

때늦은
후회와 아쉬움의
한숨 소리

빙판길
수렁길
조심조심 헛딛지 않고
종적(蹤迹)도 없이 넘나드는 바람도
아랑곳없이 걸어왔습니다만

남들처럼 눈 번뜩여
지름길 찾지 못한 죄로
이렇게 늦은 시간까지
걸어가고 있습니다.

웃음

행복해서 웃기보다

웃음으로써 행복해지려는

그 마음에

복이 있나니.

가을 숲길 1

가을 숲길을 걸어서 가면

고향이 있을 것 같다

노을빛 닮은 감이

주렁주렁 열린

산촌(山村) 마을 초가집(草家)

까치가 날아와 짖으니

반가운 소식 들릴 것 같다.

가을 숲길 2

가을이 내리는 숲길을 걷는다

말없이 걷는다
나무들을 읽으며 걷는다
시나브로 지는 잎들을 보면서 걷는다
맑은 가을 벌레 소리 들으며 걷는다
아슬히 높푸른 하늘을 보면서 걷는다
문득, 옛날을 생각하며 걷는다
잊었던 그리움을 씹으며 걷는다
너를 생각하며 걷는다
나를 돌아보며 걷는다
보랏빛 들국화 같은 추억을 떠올리며 걷는다

혼자서
가을이 내리는 숲길을 걸으며
스스로 가슴 비우며
걷는다.

도야호반(洞爺湖畔)*에서
—불꽃놀이

참으로
장관이네요

바로 눈앞에 있는
호수 위 하늘가에 펼쳐지는
오색 찬란한
불꽃놀이 축제!

호반의 호텔, 푸른 잔디밭에서
의자에 기대앉아
환상적인 불꽃놀이를 바라보는 건
정녕, 낭만의 극치였어요
황홀한 꿈이었어요

아득한 젊음의 들판을 달려서
중장년의 산굽이를 굽이 돌아서
어느새 고희(古稀)를 맞는 당신
저렇듯 눈부신 축제를
여행지에서 즐길 수 있음은

한평생 땀 흘리며 살아온
당신의 영광입니다

오늘, 저 아름다운 불꽃놀이는
당신을 위한 축연(祝宴)입니다

새삼, 눈부시게 다가오는
아아, 당신의 은발(銀髮).

*도야호반(洵爺湖畔): 일본의 북해도에 있는 호수.

달리는 기차를 보면

기차를 보면
달리고 있는 기차를 보면
어딘가로 떠나고 싶다

저 기차를 타고 가면
먼 옛날로
돌아갈 수 있을까

젊음이 깃발처럼 펄럭이던
푸른 꿈꾸던 오월의 언덕에
당도할 수 있을까

은모래빛 백사장
비단 같은 강줄기 굽이 도는
호젓한 강마을 찾을 수 있을까

가을 해 설핏한 저녁
주홍빛 감 익어 가는 산골 외딴 집
나이 지긋한 부부

지금도 흙 속에 착한 씨 심으며
늙어 가고 있는지

사는 일 팍팍하고 쓸쓸한 날이면
더욱 그리워지는
따뜻한 등불, 마음의 고향.

시(詩)는

詩는

너와 나를
만나게 하는
고향의 징검다리

새벽
동트는 아침을 여는
첫 닭 울음소리

영혼을
일깨우는
맑은 종소리.

/ 7부 /

가을빛 목소리

백자(白磁) 달항아리

그 앞에 서서
조용히 바라보노라면
무구한 아름다움에 이끌려
한참을 발길 떼지 못한다

화장기 없는
순수한 아름다움
소박한 소망이 담긴
순백(純白)의 꿈

잠자코
그 앞에 서면
옷깃 가다듬게 하는
순정 어린 그리움이

가슴속
가득 채우는
백자 달항아리.

소망

꿈을 가진 사람

훗날까지 그리움을 남기는 사람

누군가에게 힘이 되어 주는 사람

가을에 향기로운 열매를 거두는 사람

자연을 즐기며

웃음을 나눌 줄 아는 사람

그런 사람과 함께 발맞추어

활기차게 세상을 걸어가는

그런 나날이기를.

간이역(簡易驛)

하늘 푸른 날
먼 곳에서 오는
기차를 기다린다

코스모스 하늘거리고
키 큰 해바라기
황금빛 미소로 목례하는 간이역에서
혼자 서성이며
깊은 가을로 떠나는
기차를 기다린다

낡은 의자에 앉아 차를 기다리는
햇볕에 그을은 촌노(村老)의 모습!
문득, 지난날의 향수
연민의 정
새삼 가슴에 번지는
간이역

긴 세월 지난 이제야
세상사 모두가
간이역임을 안다

기쁨과 슬픔
우리의 만남도
그렇게 잠시 머물다 떠나는 것임을…

가을 햇살과
가을 바람과
가을 향기 안은 가슴으로
영원을 향해 떠나는
기차를 기다린다.

박수갈채(拍手喝采)

박수를 치고 싶다

경의와 찬사와 격려가 넘치는
힘찬 박수를 치고 싶다

살면서 때때로
진정으로 박수 칠 일
많았으면 좋겠다

땀 흘린 보람
빛나는 결실
바라던 꿈의 성취
그런 소망스런 아름다운 것들을 위하여
아낌없는 박수 보내고 싶다

우리
살면서 인색하지 말자
칭찬도
위로도
격려도
올곧게, 넉넉하게 나누면서
서로 북돋우는 따뜻한 정
소홀하지 말기를

아름다운 생활
그 향기로운 꽃
피우기 위하여.

징검다리

먼 옛날
고향 시냇가
징검다리 있었네

햇빛 맑은 날
빨래방망이 소리 들리고
물장구 치는 아이들 웃음소리
매미 소리도 함께
어우러지던 곳

장날이면
짐을 이고 지고 건너던
소박한 마을 사람들—

이제는 한 세월 흘러
아슬히 멀어져 간
생애의 꿈 깃든 추억

그 옛날 고향에는
너와 내가 만나던
징검다리 있었네.

어느 날 문득

마음을
깨끗이 비워 버리고 나면
눈에는 무엇이 보일까
귀에는 무엇이 들릴까
또 입으로는 무슨 말을 하게 될까
발길은 어디로 향할 것이며
손은 무엇을 소중히 보듬고 있을 것인가

문득
그것이 궁금해진다.

길 위에서

길 위에서
길을 찾는다

세상엔 사방팔방 길은 많아도
내가 가야 할 길 찾아
온종일 헤매는 날—

어느덧 황혼녘
노을빛 저리도 고운데
어둠이 내리는 대지 위에서
외로움에 떨고 있는 나는 누구인가
저 멀리 산기슭에 보이는
반짝이는 불빛은 무엇인가

가을 향기 익어 가는 그 길을 찾아
별빛 아래 초조히 누비는
나의 발길—

—내 가야 할 길을 찾아
길 위에서
길을 찾는다.

그리움

연(蓮)잎

하나 따서

머리에 쓰고

먼 푸른 하늘

바라본다.

강물처럼

물처럼
강물처럼
흐르고 싶다

마음의 문 열고
마음의 주인이 되어
밝은 햇살과 함께 살면서
따뜻한 가슴 나누는 일
응달진 저편의 슬픔 헤아리는 일
삶의 즐거움 함께 나누는 일
모두 인색하지 말아야겠다

일상 속에서
만나고 부딪치는 희로애락에
무겁게 치우치지 않기를—
그래도 고마움과 기쁨은
소중히 간직하리니

너와 나
우리 모두
건강한 삶, 활기찬 오늘을 위하여

강물처럼 흐르고 싶다.

가을 이야기 1

봄의 설레임

여름의 열정

가을의 겸허와 고독

이런 여정(旅程)을 거쳐 온 나그네가
어느 날
따뜻한 등불 그리워하며
나누는 이야기

국화 향기 같은 이야기
가을 잎 지는 여운 같은 이야기

아, 너와 나의 이야기.

차(茶) 한 잔

비록
작은 찻잔이지만
넓은 우주(宇宙)가 숨쉬는 우물이 된다

메마른 가슴
모락모락 피어오르는 다향(茶香) 앞에 앉으면
문득, 그리움을 만나
잃었던 윤기 되찾을 수 있다

누군가를 기다리면서
창 밖으로 시선을 보내면
거기, 아스라한 오솔길
영원으로 통하는 오솔길이 보인다.

천국(天國)

여름날
방학을 맞은 아이들이
도시를 멀리 떠난 자연 속에서
공부도 숙제도 잊고
맑은 계곡에서
물장구 치며 하하호호 즐기는 모습

웃는 그 얼굴
웃는 그 목소리
웃는 그 시간과 공간

아, 천국은
바로 여기로구나.

가을, 해질녘

해 저물녘
노을 속에 산능선은
쓸쓸해 보인다

나무도
꽃도
풀도
날아가는 새들도
모두 외로운 그림자—

마을의 집들
하나, 둘씩 켜지는 불빛만이
지상의 외로움을 지우는
따뜻한 등불

하늘도 땅도
어스름 속에서 묵상하며
지친 발걸음으로
하루를 접는 시간

나는 오늘
어떤 발자취로 이 자리에 섰는가

어둠 속에서 반짝이는 별을 바라본다.

수행(修行)

흐르는 물소리
따라가는 길

밝은 등불
찾아서 가는 길

묵묵히
쉬임없이
영원을 향하여
나를 찾아 걸어가는 길

바람이 불어도 흔들리지 않고
앞길만 보고 걸어가는 길

괴로운 날에도
기쁜 날에도
구김 없는 얼굴로, 깨달으며 참회하며
무거운 나를 땅에 내려놓고서 가는 길

그런 마음
그런 모습으로
하늘을 이고 사는
영원한 길.

가을빛

갈색(褐色)은
가을빛

정감 깃든
포근한 색

오래된 장맛 같은
옛 친구 같은
믿음이 가는 빛

추색(秋色) 짙은 가을
향수 어린 창가에 흐르는
낮은 톤의 바이올린 음색.

/ 8부 /

옛 이야기

어느 가을날

가을이

그리움으로

나를 불러내서

홀연히 나는

차표를 사들고

먼 고향으로 떠나는

기차를 기다린다.

포대화상

뜻밖의 장소에서
처음 만나게 된
당신

당신을 만나 보는 순간
당신의 웃는 그 모습이
너무도 시원스럽고 좋아서
망설일 것 없이
집으로 모셔 왔습니다

우리 집에서 함께한 세월
어느덧 수십여 성상
생활 가까이
당신의 얼굴
대하고 싶어서

장식대 위에서
책상 위로
이제는, 식탁 위로 자리를 옮겨
당신을 더욱 가까이
바라봅니다

언제나
기쁨과 만족이 충만한 모습
만면에 밝고 여유만만한 웃음—

마주 대하는 이의 가슴을
환하게 열어 주는 당신의
당당하고 패기 넘치는
그 좋은 인상!

얼마나 깊이
마음을 갈고 닦으면
그토록 여유로운 모습
닮을 수 있을런지…

만면에 넘치는
그지없이 아름다운
아! 그 미소.

*포대화상[木刻] : 불교에서 자비와 보시를 행하는 구도자의 모습.

다듬이소리

지나간 옛날
우리 살던 마을에 들리던
정겹던 그 소리—

혼자서 똑딱똑딱
둘이 마주 앉아
잦은가락 치던
그 다듬이소리!

아낙네의
노고와 사랑
한숨과 눈물도 어우러진
삶의 가락, 그 소리…

지금은
세월 따라 사라져 간
백의민족 날개 다듬던
추억 속의 그 소리

어쩌나
달빛 푸른 밤이면
불현듯 생각나는
그 정취
꿈속 같던 그 다듬이소리—

이제는
먼 추억 속의 옛 가락!
아름다웠던 우리의
그리운 고전(古典)이여.

부뚜막

우리 집에서
가장 신성한 곳

동이 트자마자 일어난 어머니는
먼저, 부엌으로 들어가셨다
가족을 위한
헌신의 장소—

밥 짓는 냄새
국 끓이는 냄새
나물 볶는 냄새
이것저것 음식 내음으로 어우러지던
부엌, 부뚜막!

그곳엔
옹솥, 중솥, 가마솥이
나란히 걸린 자리

가끔씩 부뚜막 맥질로
뽀얗게 분 바른 날이면
주부의 살뜰한 손길에 길들여진
까맣게 윤나던 무쇠솥과 어울려
깔끔한 정감을 일게 하던 곳

—아궁이 잿불에 구워 먹던
밤, 고구마, 그 따끈한 맛!
그때 그 고소한 그 맛—

지금은
시대 따라 사라져 가는
그 부뚜막

그러나 그곳은
새벽마다 청수 떠놓고
기도 드리던
어머니의 성전(聖殿)이기도 했다.

옥색 모시 치마

금년 여름
백중날에

나는 고운 한산모시 옥색 치마에
하얀 모시 적삼을 받쳐 입고
법회에 참석했다

벌써, 사십여 년 전
내가 시집 올 때 혼수로 해 온
그 모시 치마 적삼!

옛날 어머니처럼
말기 단 긴 치맛자락
살포시 여민 내 모습에
보는 사람마다 곱다는 찬사
아끼지 않았다

그날, 그렇게
찬사를 보내는 이들의
눈동자에 고이던 빛
아, 아련한 향수(鄕愁)…

세월이 흘러가도
우리 고유한

하늘빛 정서
백의민족의 순결한 그리움은
아직도 우리를

회상의 강가에
서성이게 하느니.

마라토너

그늘은
여름 나라에서
고마운 음덕(蔭德)이지만

그러나
그 그늘, 겨울 나라에선
반갑지 않은
무자비한 존재

세상은
알고 보면
양지와 음지의 힘 겨루기

웃다가 울고
울다가 웃기도 하는
삶의 시소!

여름엔 시원한 음지에서
겨울엔 따뜻한 양지에서
살기 위하여
허리띠 졸라매고 달리는
사람, 사람, 사람들

생명이
다할 때까지
숨가쁘게 달리는

마라톤 인생.

저녁 강가에서

오늘도
나는
강 언덕에서
힘차게 돌을 던진다

저녁노을
붉게 물든 하늘 아래서
하루를 마감하는
돌을 던진다

흐르는 강물 속에
아집을 던진다
교만을 던진다
증오를 던진다
슬픔과 절망을 던져 버린다

그리고
어리석은 미혹을
멀리멀리 던져 버린다

아, 그러고 보니
스치는 강바람
무심히 흐르는 강물도

모두가 평화
모두가 행복으로 안겨 오네.

억새꽃

은빛 억새꽃이
화가의 화판에서
바람에 흔들리고 있다

고요한 은빛 밀어가
시인의 가슴에
그리움 물결치게 한다

스치는 바람결에
쓸쓸한 정감으로 파도치는

가을의 멋!
가을의 낭만.

회상(回想)

몇 십 년이
흘러간 지금
홀연히 떠오르는 생각
그 옛 추억—

얼마나
얼마나
그리웠으면
그렇게 다리를 놓아
만나 볼 생각을 했던 것일까

아직도
그 그리움
간직되어 있다면

그것은 영원한 예술!

원(圓)

원(圓)은
하나의 점에서 시작한
하나의 우주(宇宙)

그려 보면
시작과 끝나는 지점이
일치하는
신비한 우주!

태양처럼
둥글고 아름다운
아, 소망의 그 모습.

시인(詩人)의 가슴

비어 있는
아득한
하늘이다

때로는
별떨기들이 쏟아져 내리는
갈대 휘적이는 언덕 아래
호수!

이름 모를 풀꽃들이
우북히 숲을 이룬 풀밭에
잔물결 이랑 이루며 지나는
녹색(綠色) 바람—

외로운 꿈
시름으로 흐르는
아! 강물 같은 가슴.

먼 길

인생은

그리운 꿈으로

고향을 찾아가는

먼 먼

여정(旅程)이리.

개나리

봄이 오면
제일 먼저
손뼉 치며 웃는 꽃
노오란 개나리!

휘늘어진 가지마다
흐드러진 웃음꽃
환한 햇살로 핀다

티없이 조잘대는
한 떼 조무래기들의
웃음꽃처럼
해맑은 노랫소리처럼.

코스모스 2

가을에
만나는
연인아!

파아란 하늘 아래
티없이 청아한
나의 연인아!

청순했던 시절
목마르게 그리던
나의 첫 사랑아.

곡선(曲線)의 슬기

어느 날
산길을 내려오다가
문득, 곡선의 아름다움을
터득한다

굽이도는 산길
구부러진 마을 길
한옥(韓屋) 처마 네 귀의
날을 듯한 그 곡선!

그러고 보면
우리 한복 저고리의
부드럽게 궁글린 깃 모양
날렵한 섭 코!
배래와 도련의 유연한
그 곡선미…

얼마나
맵씨 있고 다정한
아름다운 모양인가

승화된
부드러운 모성(母性)!
곡선의 슬기여.

햇빛 밝은 날

언제부턴가
마당에 햇볕이
그냥 놀고 있는 걸 보면
아까운 생각이 든다

빨랫줄 가득히
깨끗한 빨래들이 눈부시게 웃고 있는
뜨락의 정경—
아, 얼마나 풋풋하고 쌀뜰한
삶의 깃발들인가

빨간 고추잠자리
바지랑대 꼭대기에 물구나무서는
파란 가을 하늘 아래
널어놓은
빨간 고추 멍석, 그리고
무말랭이, 가지, 애호박 오가리…

맑은 바람
밝은 햇살과 어우러지는
내 일상의
아, 뿌듯한 한마당
풍요로움이여.

월송정(越松亭) 가는 길

운치 있는
솔밭길로 들어섰을 때
벌써 가슴은
솔빛으로 물들어갔다

솔향기 배어든 숨결로
하늘빛 우러르는 마음
옷깃을 여미고 있었다

푹신한 융단처럼, 떨어져 깔린
황토빛 솔잎길 밟으며
월송정으로 걸어가던 날
홀연히 스치는 생각
나, 다음 생애는
소나무로 살고 싶었다

—세월이 흐를수록
기품이 더해 가는
푸른 영혼의 소나무!

그런 소나무로 살면서
하늘과, 구름과, 산천초목
함께 어울려

흙내음 묻은 삶의 노래
조용히 부르며 살고 싶다.

/ 9부 /

시(詩)가 익어 가는 가을 숲

시(詩)를 쓰는 것은

詩를 쓰는 것은
삶을 사랑하는 일이다

詩를 쓰는 것은
세상 만물과
숨결 나누는 일이다

나, 오늘 밤도
별빛 우러러 詩를 쓰는 것은
생애의 고귀한 작업
내 인생에 대한 예의—

아, 詩를 쓰는 것은
영혼의 그윽한 노래
부르는 일이다.

시(詩) 속에는

詩 속에는 길이 있다
그리운 너를 찾아가는 길이 있다

멀리 떠나온 고향
만나고 싶은 사람들
함께 부르고 싶은 노래
그리고 목마른 영혼이 나누고 싶은
맑은 샘물—

詩 속에는
그런 푸르른
오솔길이 있다.

가을의 시(詩)

파란 하늘에
詩 한 수 쓰고 싶은
가을!
모과 향기 그윽한 시를 쓰고 싶다

노을빛에 물든 가을걷이 싣고
집으로 향하는 황소의 눈망울 닮은
詩를 쓰고 싶다

솔방울 구르는 고향 오솔길
그리운 이야기 쓰고 싶다

이 세상에 살면서
사랑했던 것
그리웠던 것
소중했던 것들
별처럼 반짝이게 쓰고 싶다

여문 수수 이삭처럼 묵묵히 고개 숙이고 서서
감사하는 가슴으로
파란 하늘에 쓰고 싶은

가을의 詩.

베짱이 소리

은하수 꿈꾸는 여름밤

내 고향 배앗골 숲 속에서
들려오던 소리
청아한 베짱이 소리

짤깍 짤깍 짤깍…
베틀 위에 앉은 여인을 생각케 하는
해맑은 생(生)의 가락—

고향도 세월도
멀리 떠나온 지금
문득, 그 소리 환청으로 들으며

이 밤
베를 짠다
능라(綾羅)를 짠다
영혼의 실꾸리 풀어
무르익어 가는
자연의 詩를 짠다.

신록(新綠)

그대 앞에 서서
마주 바라보노라면
아, 내 나이보다 훨씬
젊어진 가슴으로
싱그런 콧노래 절로 나오네

청산을 꿈꾸는
초록빛 맑은
소망이여.

봄비

봄비 오는 날

친구에게서 전화가 왔다
봄의 소리 들려오고 있다고…

그날은 바로 경칩이었는데
부슬부슬 봄비까지 내리니
정녕, 대지에 봄은 오는가 보다

봄을 기다리는 그 친구의 목소리!
늦가을 연륜(年輪)인데도
푸른 생기가 돈다

아, 오늘은 푸르른 날!
친구의 봄빛 머금은 목소리로
내 가슴에 피어나는
봄
봄빛
봄노래
녹색으로 물드는 세상을 만난다.

연꽃

물속에 발 담그고 서서
하늘 우러르는 꽃!

둥글고 큰 잎새에
수정 같은 구슬 굴리며
두 손 모으는 모습

고요하고 경건하여라

기도하는
영혼이 깃든 꽃이여.

안개 낀 거리에서

한 사람이 서 있다

안개 낀 거리
가로수 아래서
누구를 기다리는가

저만치 앞에는
젊은 남녀가 팔짱을 끼고
걸어간다

아직도 가로수 아래
혼자 서 있는 사람
그는 누구를 기다리는 것일까?

어쩌면, 안개가 사라지기를
태양의 밝은 미소를
기다리는 것일지도 모른다

눈부신 초록 잎새들과 눈 맞추며
희망을 속삭이고 싶은지도 모른다

—그 사람, 아직도 기다리고 서 있다.

가을 이야기 2

아릿한 그리움 속에
고향이
추억이
찾아든다

옛 노래
옛 이야기 속에
피어나는 모닥불!

그 따뜻한 둘레에 익어 가는
詩보다 아름다운
가을 이야기.

구월(九月)이 오면

뜨거운 여름 가고 구월이 오면
나는 드높은 하늘
그 푸르름이 좋아라

九月이 오면
가을빛 산들바람에 옷깃 날리며
길 떠나는 나그네 되고 싶어라
오곡백과 익어 가는 들길에서
들꽃 피는 산기슭에서 문득 생각나는
고달팠던 지난날
그리운 사람들—

그 눈빛
그 목소리
다정했던 그 모습

九月이 오면 다시 생각나는
향수 어린 목마름이여.

외로울 때

알고 보면 누구나 다 외로운 사람

혼자 있는 것을 사랑하라
혼자만의 시간을 길들여라
그리하여 외로움을 축복으로 승화시켜라
밤하늘의 별들도 외로워서 반짝이는 것
가을 나그네도 외로워서 먼 길을 떠난다

외로움은
자기를 성장시키는 스승

외로움은
자기와 함께하는 영원한 친구.

그 오솔길

살면서 가끔
그 오솔길 걷고 싶은 때가 있다

그 오솔길에는
풀과 나무들이 있고
철따라 야생화가 피는 산비탈 길

곡선(曲線)을 그리며 돌아가노라면
성급했던 마음 여유가 생기고
메말랐던 가슴에
그리움이 솟는 길

하늘과 태양과
순한 바람이 함께하는
그 오솔길

때로는 비바람, 눈보라 속에
창백한 모습으로 휘청거리며
걷던 길
이제 다시, 그 길을 걷노라면
나는 어떤 상념에 잠길 것인지…

황혼 속에서
옛날을 읽을 수 있는 그 가을을
조용히 노래 부르리라.

노을

저녁 하늘에
노을이 곱게 물드는 것은
고향을 생각하라는
의미인지 모른다

서녘 하늘에
번지는 노을빛은
추억을 돌아보는 시간을
간직하라는 뜻인지 모른다

저녁노을이
붉게 타는 이 시간은
꿈도
슬픔도
그리움도

아, 어쩌면 모두
사라져 버린다는 걸
가르치고 있는 것인지 모른다.

가을을 만나면

가을을 만나면
함께 걷고 싶어라

가을을 만나면
높은 하늘, 함께 바라보고 싶어라

가을을 만나면
정답게 마주 앉아
차향(香)을 즐기고 싶어라

아! 가을을 만나면
영혼의 고향 찾아서
깊은 시름 풀어내는
詩를 쓰리라.

미스 분홍

그때, 그 시절 나는

여름날 초저녁 초가지붕에 피는
하얀 박꽃을 무척이나 좋아했다

그래서 여름날엔
모시 적삼을 즐겨 입던 나!

때때로, 수줍은 연분홍 모시 적삼을
곱게 다려 입음으로써
나만의 멋을 즐기곤 했다

어느 날, 집에 오신 손님이
내 모습을 이윽히 바라보다가 조용히
'미스 분홍' 하고 부르며 다가왔다

그때부터 나의 닉네임이 된 미스 분홍!

이제, 머리에 서리가 내린 연륜(年輪)인데도
나는 아직도
좋은 날엔 화사한 분홍빛 옷으로
단장하고 싶다

젊음과는 또 다른
가을 향기를 위하여—.

비닐봉지

내겐 오래된 습관이 있다
수십 년을 한결같이
찬거리나 물건을 사 온 비닐봉지를
재활용하도록 모으는 것이다

지난겨울, 그 육교 밑을 지나다 보니
언제나 야채전을 벌이고 앉았던
그 할머니 보이지 않았다
추위 때문에 쉬시는가 보다 했는데
겨울도 지나 봄볕 화창한 날
그 육교 앞을 지나다 보니 이번에도
그 할머니 보이지 않는다
옆자리의 아줌마에게 물으니

'그분 세상 떠나셨어요.' 담담한 대답—
갑자기 텅 빈 가슴이 된다

재활용할 수 있는 봉지를 건넬 때마다
'이렇게 모아서 갖다 주는 것도 보통 정성 아닌데…'
고맙게 받으시던 그 할머니의 미소!
아, 이제는 다시 만날 수 없구나

제행무상(諸行無常)을 되새기며
허전한 발길 돌아선다.

석등(石燈)

흘러나오는
그 불빛 앞에서
조용히
내 안을 들여다본다

남의 칭찬에도
남의 비난에도
우쭐하거나 무너지지 않는
순연한 나를 지켜보게 하는―

무명(無明)을 밝히는 등대!
석등의 아늑한 그 불빛.

여백(餘白) 2

하얀 그 빈자리는 아름답다

그리움과 아쉬움 깃드는
그곳은
내 마음의 숨결 머무는 곳

꿈꿀 수 있는
자유로운
공간

더러는 공허로운 그 빈자리
가슴에 쓸쓸한 바람
스쳐 가지만

팍팍한 세상에서
여유로움을 안겨 주는 여백(餘白)의
그 운치!
그 여운!

나에게
영혼의 노래 부르게 한다.

입춘 기도

해마다
설 전후해서 맞게 되는
입춘(立春)!

새해의 복을 기원하는 입춘방이
집집마다 대문에 붙여지던
세월이 있었다

입춘대길(立春大吉)
건양다경(建陽多慶)

우리 선조들은 간절한 마음으로
복된 삶을 기원하던
미풍양속

조심스레
세상의 다리를 무사히 건널 수 있도록
정성 어린 축원이었다

새해엔 모두가
분수껏
소망의 꽃 피우게 하소서.

꽃잎이 지네

하르르
하르르
만개한 벚꽃이
바람결 없이도 지네

하르르
하르르
흰 눈처럼 내리네

문득, 스치는 바람결에
내 모자
내 어깨에도
함박눈처럼
꽃비 내리네

하르르, 하르르, 하르르….

소나기 마을

그곳으로 가는 길목 입구
반원형의 듬직한 바위에
크게 새겨진 글씨
'소나기 마을!'

어느새 가슴은
그 옛날의 소년 소녀처럼
애틋한 정감으로 설레인다

문학관으로 가는 길가 풀숲엔
먼 옛날 고향처럼
도라지꽃, 봉숭아꽃, 채송화, 분꽃, 나팔꽃…

모두가 소박한 모습
정겹게 반겨 주고—

내 좋아하는 사람이 있는 그곳
그 마음과 손길 머무는 곳이기에
찾아가는 발길 더욱 가벼워진다

파란 하늘보다
맑은 시냇물보다 더 아름다운
순정을 기리는 꿈 동산

아, 그 이름 '소나기 마을'.

그네

둘이서 나란히 앉을 수 있는
도란도란 이야기 나눌 수 있는
요람처럼 흔들리는
정다운 그네!

햇빛 가려 주고
이슬비 내려도 옷 젖지 않을
지붕도 있는 아담한 그네!

요즘, 나는 가끔씩
그 그네를 타러 간다

하늘과 푸른 숲
가까이 바라보면서
새들의 노래까지 들을 수 있는 그곳

호젓이 비어 있는 그 그네에 앉아
훈풍처럼 흔들리노라면
아, 삶의 빛과 그늘을 떠난
마음의 평화!

이윽고
영혼의 부자가 된

나를 만난다

평범한 오늘에 감사하는
당신과 나를 만난다.

벤치

나는 언제나 묵묵히
지나는 이들이 쉬어 갈 수 있도록
대기하고 있습니다

찾아오는 사람들이
편히 쉬어 가게 하는 것이
나의 소임이니까요

산책 나온 사람, 잠시 앉아서
이윽히 하늘을 바라보기도 하고
길 걷던 이 잠시 다리 쉬었다가 가는 곳
가끔은 친구랑 와서 시간 가는 줄 모르고
수다를 떠는 이들도 있지요

때로는 연인끼리 나란히 앉아
달콤한 밀어 속삭이는 소리
심심찮게 듣기도 합니다

어떤 날은 실직한 남자 찾아와서
무거운 한숨 토하는 소리–
더 가슴 아픈 건
초라한 몰골의 노숙자, 배낭을 베고
맥없이 잠에 떨어진 측은한 모습…

막막한 현실 앞에 선
이 시대의 아픔이기에
고뇌의 심연을 함께 허우적이는
심정입니다

언제쯤이나
어제보다, 오늘보다 밝은
희망찬 내일을 맞을 수 있을는지…

밤에는 이슬 맞으며
달빛 깔고 별들과 이야기 나누고
낮에는 햇빛과 그늘 벗하여
찾아오는 이들을 반기는 나는

알고 보면
자연과 인간을 연계하는
가장 아름답고 멋진
우리 생활 속의 도우미랍니다.

황혼에

어느새 황혼입니다

긴 여로(旅路)를 걸어왔나 봅니다

걸어오면서
산과 내(川) 들(野)을 지나오면서
나무와 꽃들도 만나고
하늘에 뜬 흰 구름
때로는 비, 바람, 천둥번개도 만났습니다

이제, 가만히 돌이켜 봅니다

세상을 밝게 사는 것도
세상을 어둡게 사는 것도
내 마음 갖기 마련임을 깨닫습니다

문득, 나 살면서
누군가에게 푸른 그늘 드리워 준 적
기쁨의 미소 베풀어 준 적
얼마나 있었던가?

한 떨기 들꽃도 우리에게
맑은 기쁨을 선사하는데….

엽서(葉書)

엽서를 받았어요
새해 축하 엽서를요
받아 보는 순간, 그 엽서 그림이
너무도 마음에 들더군요
하얗게 눈 내린 장독대와
나목(裸木)의 감나무 가지 까치밥에
날아온 까치 그림이 있는 엽서!
운치와 정감을 느꼈어요
새삼, 고향 생각하며 오랜만에
티 없는 순수를 한껏 만끽할 수 있었지요
참 행복했습니다
감사합니다.

운치(韻致)

하늘 향하여

깃을 치고 날을 듯한

한옥(韓屋) 기와지붕의 저 처마 끝 좀 봐!

거기엔 비상(飛翔)하는 꿈이 서려 있네

우리 겨레의

그윽한 정, 멋이 깃들어 있네

가슴 두근거리도록 아름다운

정취 깊은 슬기여.

‘우리’ 라는 그 말

‘우리’ 라는 그 말
참 좋다

품속 같은 따뜻함이 있어서 좋다

같은 방향으로 가는 길동무 같아 정답다

혼자가 아니라서 외롭지 않고

같은 소망을 가진 한 둥지 속의 가족처럼

살뜰한 정, 느낄 수 있는 ‘우리’ 란 그 말!

거기엔 함께하는 의미도 있어

누가 만만하게 볼 수 없는 든든한 자부심도 있다

과거, 현재, 미래까지
강물처럼 유유히 흘러갈 ‘우리’ —

그것은
신뢰와 사랑의 푸른 강줄기.

늙는다는 것은

늙는다는 것은
익어 가는 것입니다

늙는다는 것은
낡아지기보다
길이 나는 과정입니다

그리고 늙는다는 것은
아름다운 마무리를 위한
빛 고운 저녁노을

아쉬운
아쉬운
시간입니다.

절대 순수의 미학

김우종(문학평론가)

쪽빛 하늘의 의미

신미철 시인은 '솔바람' 이후 많은 시집을 내고 이제 자신을 뒤돌아보고 있다. 그동안 시인으로 살아오며 아홉 권의 시집을 내고 각 시집에서 수편씩을 정선하여 모은 것이 이번 시집이다. 그러므로 작자는 이렇게 뒤돌아보며 인생이란 무엇인가, 또는 시인이란 무엇인가에 대한 결론을 내리고 있지만 이 평설을 통해서 타인이 바라보는 신미철은 무엇인가라는 질문도 하고 있다. 이 경우에 작자가 이런 타인의 평설에 의하여 그려진 자신의 초상화에 대하여 동의할지는 알 수 없다. 그렇지만 이 세상 누구도 자기가 지닌 거울만으로는 자신의 참된 모습을 보지 못하기 때문에 타인의 거울도 빌려 볼 필요가 있을 것이다.

타인의 망막 속에 그려진 자신의 모습은 작자 자신의 눈으로 보는 것과 꼭 일치할 수는 없다. 인생관, 문학관, 역사관이 모두 다른 눈들이기 때문이다. 다만 그것이 타인의 눈이라 하더라도 공감의 영역이 확대될 수 있다. 그리고 이에 독자도 참여함으로써 진정한 '시인 신미철'의 초상화가 완성될 것이다.

1. 순수와 그리움

신미철이 이곳에 수록한 모든 작품들은 자신에게 있어서 지극히 소중한 가치를 지니는 것이지만 초기작을 통해서 내가 만나게 되는 신미철은 나를 충분히 만족시키는 시인상은 아니었다.

초기작에 해당하는 제1시집 『솔바람』의 수편들은 하늘, 박꽃, 욕망, 어떤 밤, 숲길, 봄빛, 여름초(抄) 등의 작품명이 되어 있고 소재도 그것이다. 제2시집 『바다가 보이는 집』에 수록된 수편의 시들도 소재는 다르지만 제1시집의 경우와 시적 발상의 모티프가 크게 다르지 않다.

이 작품들에서 작자가 그려 나간 세상은 티 없이 맑은 순수의 결정체들이다. 증류수처럼 여과된 사물이며 아무도 발 딛은 일이 없는 히말라야 산정의 만년설 같은 것이다. 그리고 우리는 누구나 이런 순수의 세계를 좋아한다. 그런데 우리가 사는 세상은 이와 반대로 때 묻은 세상이다. 그리고 때 묻은 세상이 시적 소재로서 나쁜 것만은 아니다. 때 묻은 세상이 우리의 현실이기 때문에 우리는 정서적으로 그런 세상에 더 익숙해지고 친숙해지기도 하기 때문이다. 그뿐만 아니라 시인은 어둡고 추운 그늘 속 소외자의 신음 소리도 들을 수 있고 이를 말해야 한다는 입장에서는 그런 인간 세상의 고민과 단절된 순수의 세계가 무조건 감동적일 수는 없다.

그런데 신미철의 시세계에 대한 이런 판단은 그 후의 발걸음을 따라가면서 조금씩 달라진다. 제9집까지 일생 동인 추구해 온 이 같은 순결의 미학은 현실을 외면한 것이 아니라 그런 때 묻은 현실을 알고 있기 때문에 이에 대한 상대적 개념으로서 형성된 것임에 틀림없기 때문이다. 그런 의미에서 작자는 순수를 찾기 위해 일생 동안 고달픈 외길을 걸어온 수도자의 모습을 지닌다.

이 시인의 순결지상주의적 발상은 이렇게 나타나고 있다.

첫 번째 작품 〈하늘〉에서 작자는 쪽빛 하늘을 찬미하고 있다. 그리고 이를 바라보며 바다를 연상하고 고향을 그리워한다. 이것이 초기의 첫 번째 작품으로 선택되어 있는데 놀랍게도 많은 세월이 흐른 후 마지막 제9시집에서도 이것은 변함이 없다. 마지막 작품도 〈하늘〉은 아니지만 본질은 꼭 같은 하늘이다.

'쪽빛 하늘' 은 티 없이 맑은 하늘이다. 티 없이 맑기 때문에 절대적 순수의 이미지가 된다. 푸른 바다도 맑음의 이미지다.

작자는 쪽빛 하늘을 바라보면서 고향을 그린다.

고향은 하늘과 다른 이미지를 지닌다. 사람은 누구도 치유하기 어려운 향수병을 배냇병처럼 지니고 일생 동안 살아간다. 짐승들도 마찬가지다. 여우도 죽을 때는 머리를 북으로 둔다고 하며 북쪽은 그가 태어난 곳을 말한다. 연어들도 죽을 때가 되면 모두 바다를 떠나 고향으로 돌아온다. 모두 향수병자들이다. 사람마다 증상 정도에 차이는 있지만 엄마의 자궁에서 태어난 어느 누구도 이 바이러스로부터 자유롭지 못하다. 그리고 향수병은 명절날 천리 밖의 고향집에 찾아간다 해도 치유되는 것이 아니다. 그것은 고향만이 아니라 우리가 시간의 흐름 속에서 영원히 잃어버리고 되돌이킬 수 없는 모든 것에 대한 그리움이기 때문이다.

신미철 시인의 〈하늘〉은 이처럼 절대적 '순수' 와 '그리움' 이라는 두 가지 이미지가 짧은 형식으로 압축되어 있으며 이것은 그 후의 거의 모든 시창작의 근원적 원동력이 되고 있다.

이런 순수와 그리움 중에서 후자에 속하는 것은 〈다듬이소리〉, 〈부뚜막〉, 〈옥색 모시치마〉, 〈귀뚜리 소리〉 등 다수의 작품에서 나타난다.

아낙네의

노고와 사랑
한숨과 눈물도 어우러진
삶의 가락, 그 소리…

지금은
세월 따라 사라져 간
백의민족 날개 다듬던
추억 속의 그 소리

—〈다듬이소리〉 중에서

이 시에는 '아낙네의 노고와 사랑' '백의민족' '그리운 고전' 이 나온다. 이것은 다른 작품들에 비해서 좀 색다르다. 다른 작품들 다수가 자연 속에서 순수를 탐구하고 있는 것과 달리 여기엔 사회가 있고 역사가 있고 민족의식이 있기 때문이다. 그러면서 먼 과거의 세계로 우리를 되돌려 보내며 짙은 향수의 정을 절감하게 하는 우수작이다.

그런데 신미철의 작품은 이 같은 '그리움' 을 담아 나가면서도 자연 속에서 '순수' 를 찾는 수도자로서의 고행에 더 많은 의미가 실려 있는 것이 사실이다.

이런 순수성을 찾고 그리움을 쫓는 것은 모든 인간이 지치고 쓰러실 때까지 버리지 못하고 해소하지 못하는 갈증 같은 것이다. 그러므로 모든 인간의 내면에 잠재된 이런 의식은 시인의 언어를 통해서 지극히 자극적인 심미적 감동을 준다. 역사적으로 수많은 시인들이 맑고 아름다운 소재에 매혹되어 시를 쓰고 잃어버린 것에 대한 그리움을 나타내는 이유가 이것이다. 그리고 이것이 서정시의 전통이 되고 앞으로도 이 맥은 끊어지지 않을 것이다.

그런데 이런 서정시의 아름다움에 공감하면서도 작자의 시세계에 좀 더 깊이 있게 접근하지 않으면 그의 시를 바르게 충분히 이해했다고 말할 수 없다.

〈박꽃〉의 박꽃이나 하얀 모시적삼이나 지상의 온갖 근심 걱정과 찌꺼기를 다 털어 버리며 훌훌 높은 하늘로 치솟아 오직 '아름답고 귀한 인연들' 만 행여 끊길세라 저어하며 연(鳶)을 날리는 것(《연》) 등은 모두 쪽빛 하늘과 동일한 이미지다.

이 중에서 하얀 박꽃은 너무도 정갈하고 때 묻지 않은 순수성의 결정체이며 흘러간 세월과 고향에 대한 그리움도 주기 때문에 더욱 적절한 소재의 하나가 된다.

작자는 박꽃을 '눈부시게 정갈한/흰빛의/정령(精靈)' 이라 말하고 있다.

마구
휘저어 봐도
흔들어 봐도
한 점 티도
떠오를 것 없을 것 같은
순결한 영(靈)
지순한 모습

—〈박꽃〉 중에서

이렇게 말하는 박꽃은 하늘과 이음동의어다. 절대적 순수의 결정체라는 의미의 동의어다. 이런 소재에는 정갈, 흰빛, 하얀 모시적삼 등의 수식어가 따르며 이는 모두 순수성을 강조한다. 그리고 이것은 지나가 버린 세상에 대한 그리움의 영상이기 때문에 순수와 그리움이라는 원초적 자극제가 만들어 낸 작품이다. 매우 아름다운 서정시다. 박꽃의 아름다운 이미지를 이만큼 감동적으로 그려 내기도 쉽지 않을 것이다.

2. 혼자 걷는 세상

그런데 이런 감동에도 불구하고 조금쯤 다른 생각을 하게 되는 것은 그 속에는 시인 혼자만 있다는 사실 때문이다. 세상을 보는 것은 작자 자신이며 작자는 하나뿐이기 때문에 시 속에 시인 혼자만의 영상이 그려져 있다는 것은 자연스럽기도 하다. 그러나 관찰하고 사고하는 주체가 작자 개인이라 하더라도 그 속에 고향을 떠나오신 노모나 친구나 어린 동생 등 아무도 타인이 감지되지 않는다는 것은 특이하다. 그리고 이것이 사실인 것 같다. 작자는 언제나 혼자서 오솔길을 걷고 하늘을 보고 꽃을 보고 산책하며 고독한 존재로서의 자리를 지키고 있다. 함께하는 동반자가 없는 셈이다. 함께 박꽃을 보며 옛일을 회상하면 그 꽃은 현실 속에서 더욱 진한 감동을 줄 수도 있겠는데 작자의 곁에는 아무도 없다. 이것은 작자가 그만큼 사물을 보는 시야를 언제나 정갈하게 정리하고 다른 모든 사물과 절연된 순수만 쫓기 위한 방법일 것이다.

이런 의미에서 작자의 순수에의 갈증은 절대적인 것이며 외로운 것이다.

이 경우에 노모나 친구나 어린 동생 등 박꽃을 보는 동반자가 없다는 것은 이 시(詩) 세계에는 '우리' 가 없고 '나' 만 있다는 뜻이 된다. 그리고 '우리' 를 좀 더 확대하면 시대적 배경이 나타나며 그것이 현실이다. 그런데 신미철 시인의 곁에는 아무도 없다. 그러므로 그것은 현실이 아닌 꿈의 세계 같은 느낌을 주기도 한다.

박꽃은 순결의 상징이지만 우리가 먼 과거 속에서 만났던 박꽃은 다른 이미지도 지닌다. 가난했던 고향 집 지붕 위의 박꽃은 슬픈 전설을 전하기도 했다. 제비가 드나들던 홍부와 놀부 집의 박꽃은 박이 된 후 너무도 비참한 가난과 형제 사이의 갈등을 그려내는 소재가 되었었다. 이런 의미에서 절대적 순수성으로서의 박꽃의 아름다움은 다른 한쪽의 진실을 말하지 않는 아름다움이라고도 생각하게 되기 쉽다.

신미철의 순수 추구가 이런 의미의 서정시에 머문 것이라면 이것은 다른 일반적 전통적 서정시처럼 문학사적 평가에서 하나의 감점 요인이 될 수도 있다. 그렇지만 신미철 시는 이런 것과 구별되는 독자적 가치를 지닌다. 작자는 그 소재들을 현실의 부정적 소재에 대한 상대적 개념으로 선택하고 절대적 순수미학의 현대시로서 작자 고유의 훌륭한 성과를 거두고 있다.

3. 절대 순수의 수도사

티 없이 맑고 푸른 하늘 같고 흰 박꽃 같은 모든 순수의 세계는 너무도 더럽고 추악한 현실 속에서 보석을 찾듯이 작자가 현실 속에 살면서 찾아 나간 위안과 구원의 길이다. 다시 말해서 티 없이 맑은 것에 대한 원초적 욕망만으로 그것을 찾아나간 것이 아니라 여기에는 오늘날 우리들이 살아가는 현실과 우리들의 과오를 통감하고 이를 직시하는 지성적 판단이 내면에 깔려 있다. 그리고 여기서 찾은 방법론이 절대적 순수에의 시적 미학과 함께 윤리적 도덕적 철학성으로 발전하고 있는 것이다.

순수를 향한 작자의 의지는 그 방법 자체가 때 묻은 모든 주변적 사물을 근원적으로 배제하며 그 속에서 순수만을 여과시키고 추출해 나가는 것이다. 그 결과 작자가 찾는 순수야말로 인간 구원의 명약이며 그 과정은 다음과 같이 나타나고 있다.

여명이 올 때까지 등불을 밝히며
깊은, 염원의 샘물을 길어 올리는
이 달콤하고도 고된 작업—

영원을
눈부시게 살고 싶은
줄기찬 소망으로
또 한밤을 지새우는
나의 공허한 기도 소리

—〈욕망〉 중에서

〈욕망〉에서 말하는 이 공허한 기도 소리는 시인으로 살면서 채워지지 않는 간절한 소망에 대한 탄식일 것이다. 그 소망이 절대적 순수라는 결정체를 이 추악한 세상에서 찾아내는 것이라면 그것은 때때로 큰 실망을 주고 좌절도 경험하게 했을지도 모른다. 그런데도 그것은 '달콤하고도 고된 작업'이다. 시가 아니라면 이런 달콤함도 없을 것이다,

이런 절대적 순수의 결정체를 찾기 위해 작자가 가장 많이 찾아가는 지역이 자연이다. 비순수의 인간세계를 근원적으로 차단하는 셈이다. 그리고 그 속에서 더욱 아름다운 보석을 찾아낸다. 그런 보석 중 이 시인이 특히 찬미하는 아름다운 보석에는 나무가 있다.

우리가 인간계를 떠나면 자연과 만나게 되며 자연은 하늘과 바다도 있지만 울창한 숲도 있다. 작자는 자연 속에서 나무에 대하여 최대의 찬사를 보낸다. 제4부 '나 나무 되어 숲 이루네' 에는

〈나무에의 연가〉, 〈추억 속의 나무들〉, 〈나 나무 되어〉 등 나무로 제목을 달아 버린 작품도 많지만 다른 많은 작품들이 나무와 관련되어 있다. 제3부 '밤꽃 피는 계절이 오면' 의 여러 편도 그렇고, 제5부 '봄을 기다리는 나무' 도 그렇고 가을을 소재로 한 많은 작품들도 나무를 말하고 있다. 그러므로 이 시집은 나무들이 우거진 숲이며 작자는 스스로 그 속에 뿌리를 내리고 있는 한 그루의 나무다.

빛바랜 일상(日常)의 무료가 멀미스러울 때
어쩌다
가슴에 이는 격랑(激浪)

그럴 때마다, 홀로 찾아오는
푸른 숲 속
오솔길

—〈숲길〉 중에서

작자가 이렇게 숲 속을 찾아가고 오솔길을 걷는 것은 '청솔 푸른 바람' 이 좋고 나무가 좋고 거기서 위안을 얻기 때문이기도 하지만 그곳은 인간으로부터 절연된 공간이기 때문이다. 사람들이 많이 다니는 길이라면 그곳은 숲도 아니고 오솔길도 아니며 순수의 결정체를 찾는 시인이 갈 곳이 아니다.

작자가 나무를 찾고 숲을 찾으며 오래된 고목을 칭송하는 것은 그들의 삶이 맑고 아름다운 순결성을 기본으로 하고 있기 때문이다. 나무는 인간 세상과 달리 혼자 있어도 아름답고 무리를 짓고 있어도 아름답다. 인간 세상의 온갖 혼탁함으로부터 자유로우며 탐욕을 벗어 버린 세상이기 때문이다.

이런 나무들은 '봄 여름 가을/그리고 하얀 침묵의/겨울까지도(〈나무에의 연가〉에서) '나날이 새롭게 계절의 수레바퀴를 돌리며/권태를 모르는 생리' 를 지니고 있어서 작자가 좋아한다. 그렇게 변하면서 가을이 되면 그동안의 땀 흘림으로 인한 소중한 열매를 남기며 아무 미련 없이 가장 아름다운 물감으로 자신들을 장식하며 마지막 고별의 시간을 갖는다. 그리고 다시 봄의 찬가를 부르며 새와 벌레들을 가슴에 품고 다 함께 살아가는 숲을 이룬다.

인간 세상이 온갖 추악한 작태로 얼룩지고 숨 막히는 곳이라면 우리가 어떻게 살아야 하는지를 말하는 최선의 길은 나무들의 이야기 속에서 찾게 된다. 그러므로 나무는 인간 구원을 위한 최선의 대안이다. 그리고 귀가 멀어서 그 나무들의 이야기를 듣지 못하는 우리들에게 그것을 아름다운 언어로 감동적으로 전하는 것이 신미철의 시(詩) 세계다.

이런 나무만이 아니라 자연은 이와 유사한 많은 순수 결정체의 보고(寶庫)다.

'작은 들꽃을 보면/사랑을 느끼게 된다' 고 말하는 〈들꽃 송(頌)〉은 우리가 미처 알아보지 못하고 들어보지 못한 순수의 세계를 전한다. '이름 모를 들꽃이 피었네' 라고 말하는 작자는 우리가 탐욕과 무관심으로 스스로 버리거나 발견하지 못하고 있는 소중한 것에 대한 관심을 일깨워 준다.

4. 순수미학 속의 인생론

목마른 갈증으로 절대적 순수성을 지향해 나가는 시 쓰기는 그것이 지니는 예술적 감동을 극대화해 나가는 작업이다. 그 감동의

극대화를 위해서 신미철 시인은 보석을 찾듯이 그런 소재들을 찾고 마치 이를 연마하듯이 세련된 우리말로 빛을 낸다. 그런 의미에서 신미철은 순수의 미학을 일생 동안 짊어지고 가야 할 운명을 업으로 삼아 온 셈이다.

그리고 여기에는 또 다른 진지한 작업이 따른다. 세상을 어떻게 살 것인가 하는 물음에 대한 답이다. 이런 질문이 진지하게 반복되면 깊이 있는 인생철학이 된다.

소리 없이 살았네라

있는 듯 마는 듯
소리 없이 살았네라

바람이 옷깃에 스며도
귀밑까지 붉어지는 부끄러움에
숲길에서도 머-ㄴ
심산(深山) 골짜기
수줍은 도라지꽃처럼
살았네라

돌처럼 살았네라

스스로의 무게를 가늠하면서
돌처럼
말없이 살았네라

깊은 강물 속
푸른 이끼 덮인 차돌처럼

아득히
하늘 그리며 살았네라
빛을 그리며 살았네라

깊은 산골 도라지꽃처럼,
깊은 강물 속 차돌처럼,
그렇게, 그렇게
그리움 안고 살았네라.

—〈자화상〉 전문

이것은 작자가 그린 자화상이다. 어떻게 살아왔는지, 그리고 무엇처럼 살아왔는지를 몇 가지의 비유법으로 그려 내고 있다. 이런 '어떻게'와 '무엇'은 모두 어지럽고 시끄럽고 더러운 사회 현실로부터 일탈한 청정지역을 의미한다. 쪽빛 하늘처럼 티 없이 맑고 박꽃처럼 희고 맑고 순결한 세계를 지향해 나가는 시인의 길은 이런 몇 가지의 이미지로 형상화되고 있다.

이 시인은 소리 없이 살아왔다고 한다. 바람이 옷깃에 스며들기만 해도 부끄러워하며 수줍은 도라지처럼 살았다고 했으니 이 시인은 속세와 결별한 것이다. 강물 속 푸른 이끼 덮인 차돌처럼 살았다는 것도 그렇고, 그냥 멀리 하늘을 그리고 빛을 그리고 그리움을 안고 살았다는 것이 모두 티 없이 맑은 순수의 절대적 경지를 말한다.

이렇게 산다면 세상은 정말 조용할 것이다. 신미철 시인이 사는 세계가 이런 정(靜)의 세계다. 아무런 아우성도 일어나지 않는 고요한 세계다.

이렇게 정적인 세계에 머문 시인은 강물 속의 차돌처럼 정갈할 뿐 말이 없다. 그리고 다만 그 자리에서 하늘을 그리고 빛을 그리며 그리움을 안고 살 뿐이다.

그런데 이렇게 말없이 살고 강물 속 차돌처럼 살고 하늘과 빛을 그리며 산다는 것은 부질없는 모든 욕망을 미련 없이 버릴 때만 가능할 것이다. 그러므로 그의 시의 저변에 깔려 있는 것은 부질없는 욕망으로부터 해방된 버림의 철학이다. 그리고 그것은 그만큼 자신에게 주어진 인생에 대한 감사와 관용의 미덕이라고 할 것이다.

알고 보면
승자에게도 슬픔이
패자에게도 기쁨이
어우러진 세상—

슬프다고 너무 울지도 말자
기쁘다고 너무 웃지도 말자.

—〈문을 열고 보면〉 중에서

그는 분노하지 않고 미워하지 않고 너무 슬퍼하지도 않으며 이렇게 이 세상을 관용으로 받아들인다. 그럼으로써 남들과 더불어 행복하게 사는 공생의 지혜에 도달하고 있다.

〈우리〉란
너와 내가 이루는

다정한 이름

한줄기로 흐르는 강물을 보아라
한빛으로 익어 가는 열매들을 보아라
한마음
한뜻으로
말없이 지키는
아름다운 약속들을
(중략)
아득히
푸른 하늘
우리 함께 이고서
아, 거칠은 땅 위에서도

녹색 이야기 나누며
푸른 숲 이루며 살아가는
우리, 우리들.

—〈우리, 우리들〉 중에서

이 시인의 많은 작품들을 보면 절대적 순수만을 지향해 나가면서 저 혼자 너무도 고고한 것 같은 인상을 주기도 하지만 사실은 그렇지 않다. 혼자의 고독을 소중하게 여기기도 하지만 혼자 서 있는 나무는 혼자이면서 '우리'에 속한다. 그의 곁에 다른 나무가 있으면 우리가 되기 때문이다. 그리고 작자가 그렇게 한 그루 나무처럼 살아간다면 그는 혼자이면서 숲이라는 집단에 속해 있으며 그가 나무처럼 산다면 아름다운 '우리'의 의미를 삶의 방법으로 체득하고 있는 것이다. '녹색 이야기를 나누며' 는 그런 나무들의 삶을 말하는 것이며 '푸른 숲 이루며 살아가는 우리, 우리들' 은 그런 삶의 철학과 윤리를 강력히 시사하는 것이다.

이 시인이 티 없이 맑은 절대적 순수를 위해 자연을 찾고 나무들을 찾아가는 이유가 이것이다. 나무처럼 또는 숲처럼 사는 것이 곧 절대적 순수의 세계이고 자신이 그 속에서 그처럼 맑아지며 그것이 최상의 아름다움이기 때문이다.

언제부턴가
우리는 가슴속에
맑은 그리움 간직한
한 떨기 별이었습니다
한 떨기 꽃이었습니다
누구를 향해 그리움을 지닌다는 건
아름다운 축복입니다
연기 자욱한 세상일지라도
눈 씻고 살펴보면
사랑하고픈 고운 것들 많아
그것들을 가꾸며 사는
청복(淸福)을 짓는 삶이기를
빕니다

당신은
내 그리움으로 빛나는
별이 되고

나는
당신의 그리움으로
향기롭게 피어나는 꽃인 것을.

—〈나는 들꽃, 당신은 별〉 전문

〈우리, 우리들〉에서 말하는 '우리'는 마침내 〈나는 들꽃, 당신은 별〉 같은 '우리'가 되고 있다. 들꽃과 별은 참으로 멀리 떨어져 있지만 이렇게 그리움을 통해서 별은 더욱 빛나는 별이 되고 꽃은 더욱 향기로운 꽃이 된다. 그런데 그리움은 서로 사랑해야 가능하므로 누구에게나 언제나 주어지는 선물은 아닌 듯하지만 '눈을 씻고 살펴보면/사랑하고픈 것들 많아' 그것들을 가꾸며 살면 된다고 말한다.

이런 작자의 의식세계는 관용과 감사의 철학을 나타낸다. 세상은 부정적인 사물로 충만해 있지만 그것이 전부는 아니다. 눈을 씻고 살펴보면 사랑하고픈 것들도 많다는 것은 관용과 감사의 인생관을 의미한다.

절대적 순수의 세계를 추구해 나가는 작자는 마침내 이런 인생철학에 도달하며 매우 뛰어난 수작을 남기고 이 세상의 찬미자가 되고 있다.

5. 아름다운 인생론

다만 이런 긍정적 가치관에도 불구하고 이 철학의 저변에는 살짝 허무주의가 깔려 있다. 쪽빛 하늘처럼 티 없이 맑고 박꽃처럼 희고 고운 절대적 수수의 세계만을 탐구해 나가는 수도자에게는 그를 기다려 주며 박수를 쳐 주는 종점은 있을 수 없기 때문이었던 것 같다.

사실로 절대적 순수의 세계는 그가 바라는 욕망일 뿐 세상은 끝없이 오염되어 있으며 순수는 늘 저만치 떨어져서 손짓만 하기 때문이다. 그러므로 그 길은 아무리 걸어도 끝이 없다.

"알고 보면 누구나 다 외로운 사람" 이라고 작자는 〈외로울 때〉에서 말한다. 그리고 혼자만의 외로움이라 해도 그것은 '자기를 성장시키는 스승' 이라고 말한다.

이렇게 본다면 신미철의 시(詩) 세계는 두 가지 색깔이 나타난다. 보일 듯 말 듯 깔려 있는 허무주의와 긍정적인 밝은 빛깔이다.

여기서 허무주의적 빛깔은 우리가 살고 있는 현실의 실상이며 긍정적 빛깔은 이를 극복해 나간 긍정적 인생론의 빛깔이다.

이런 모습은 〈간이역〉에서도 나타난다.

긴 세월 지난 이제야
세상사 모두가
간이역임을 안다

기쁨과 슬픔
우리의 만남도
그렇게 잠시 머물다 떠나는 것임을…

—〈간이역(簡易驛)〉 중에서

여기에도 허무주의적 색깔이 비춰지고 있다. '우리의 만남도/그렇게 잠시 머물다 떠나는 것' 이라면 사랑하는 가족도 연인도 모두 잠시의 만남일 뿐 결국은 누구나 모두 이별하고 혼자 남는다는 것이기에 허무주의적이다.

그런데 이런 빛깔에도 불구하고 작자의 가슴에는 눈물이 고여 있는 것이 아니다. 작자의 가슴에 충만해 있는 것은 '가을 향기'다. 가을 햇살과 가을 바람이 모두 향기롭다.

가을 햇살과
가을 바람과
가을 향기 안은 가슴으로
영원을 향해 떠나는
기차를 기다린다.

—〈간이역(簡易驛)〉 중에서

우리들의 인생 자체는 간이역에 잠시 머물다 떠나는 고독한 존재지만 작자는 자연의 향기를 한껏 가슴에 안으며 영원을 향해 달리려 한다. 그만큼 자연을 사랑하고 가을을 사랑하고 결국은 인생을 사랑한다. 그런 의미에서 이 시인의 절대적 순수의 언어미학은 세련된 기법과 농밀한 서정성, 그리고 자연에 감사하는 긍정적인 인생관으로 깊은 감동을 주고 있다.